시애틀 심플 라이프

2017년 9월 20일 초판 1쇄 발행
2017년 9월 29일 초판 3쇄 발행

지은이 혜박

펴낸이 정해종
마케팅 심규완, 김명래, 권금숙, 양봉호, 임지윤,
　　　　최의범, 조히라

펴낸곳 박하
주소 경기도 파주시 회동길 337-16 3층
팩스 031-955-9914

책임편집 정선영, 이기웅, 김새미나
경영지원 김현우, 강신우
해외기획 우정민

출판신고 2016년 5월 20일 제406-2016-000066호
전화 031-955-9912 (9913)
이메일 bakha@bakha.kr

ⓒ 혜박
(저작권자와 맺은 특약에 따라 검인을 생략합니다)

ISBN 979-11-87798-22-4 03810

시애틀 심플 라이프

혜박 지음

박하

이 에세이를 쓰기까지 너무나 많은 고민이 있었다.

화려한 모델 '혜박'의 이야기가 아닌, 심플한 삶을 살고자 노력하는 '박혜림'의 이야기.

과연 지금이 말하기 좋은 시기일지, 내 이야기에 좋은 영향을 받는 사람들이 있을지…. 하지만 읽는다는 것은 또 다른 의미의 경청과도 같고 읽는 이가 스스로에게 자문하고 대화하는 것과도 같다고 하지 않던가.

지금부터 시작할 이야기는 무대에서 스포트라이트를 받는 화려한 어느 모델의 이야기가 아니라, 인생의 스포트라이트를 좇아 앞으로 걸어나가는 한 사람의 이야기이다. 보이는 것과 다른, 나의 사소하고 작은 이야기가 이 글을 읽는 어느 한 사람에게 자신의 삶을 돌이켜보고 스스로와 대화할 수 있는 계기가 된다면 더할 나위 없이 기쁠 것이다.

우리 모두의 스포트라이트를 위하여.

CONTENTS

화려함보다는
심플함을

모델 혜박은 내가 봐도 화려하다. 최신 유행하는 옷을 입고, 화장과 머리를 하고 또각또각 런웨이를 걸었다. 여기저기서 카메라가 나를 따라다닐수록 나는 점점 더 바빠졌다. 분명 내가 바라던 모습의 모델이었다. 부모님의 반대에도 이룬 꿈, 분명 행복해야 할 모델 생활이었다.

그런데 좋아하는 일이 직업이 되면 더 이상 즐겁지 않다는 게 사실일까. 나는 처음 캐스팅됐던 날처럼 구름 위를 둥둥 떠다니는 그 짜릿한 기분을 오랫동안 느낄 수 없었다. 그렇다고 모델 일이 싫어진 건 아니었다. 그저 바쁘고, 답답하고 그걸 표현하기에도 힘든 날의 연속이었을 뿐이다.

친구들이 한창 청춘을 즐길 스무 살에 나는 모델 일을 시작했다. 물론 나의 선택이었지만, 이제 막 이십대가 된 나는 사회생활, 그것도 화려한 만큼 치열한 모델 세계에서 어떻게 서 있어야 하는지조차 알지 못했다. 나를 따라다니는 '동양인 최초'라는 수식어도 무거웠다. '최초'가 된 게 자랑스럽고, 더없이 영광인 건 사실이다. 하지만 '동양인 혼자'이기도 해서 더 외로웠다. 더 나은 모델이 되려고 이겨내야 할 것들이 너무 많았다. 가끔은 우울했고, 종종 서러웠다. 그렇게 감정이 바닥을 치는 날이 많았다.

하지만 모델은 보여지는 게 중요한 직업이다. 다른 사람에게 걱정 끼치고 싶지 않은 성격까지 더해져 어디서든 괜찮은 척을 하려고 노력했다. 캐스팅, 촬영, 쇼 등에서는 물론이고 집에서도 힘든 내색을 하지 않았다.

부정적인 생각 자체를 하지 않으려고 노력했지만 상황은 그리 나아지지 않았다. 오디션이 하루에 적게는 열 건에서 보통 스무 건 이상이었다. 몇백 명의 모델 사이에서 몇 시간씩 기다리고 또 기다려야 했다. 겨우 내 차례가 되어 디자이너 앞에 섰지만 내가 듣는 말은 늘 비슷했다. "우린 동양인을 원치 않습니다."

워킹 한번 제대로 못 해보고 면접이 1분도 채 안 돼 끝나는 날이 허다했다. 그들은 혜박이 어떤 모델인지 눈길조차 주지 않았다. 몇 시간을 기다렸던 오디션에서 그저 동양인이라는 이유만으로 문을 열고 들어갔다가 바로 나와야 하는 게 자존심이 상했다. '너무'라는 표현이 부족할 정도로 억울하고 속상했다. 그래도 괜찮은 척 툭툭 털고 다음 오디션으로 가서 이번엔 다를 거라고 생각하며 또 기다렸다. 하지만 다시 동양인이라고 오디션 장소에서 쫓겨나듯 나올 때마다 점점 지쳐갔다. 무엇보다 동양인이란 건 내가 노력으로 바꿀 수 있는 게 아니었다.

그런 일상은 보통 아침 8시부터 시작됐다. 캐스팅과 피팅을 반복하느라 물 한 모금 편하게 마시지 못하는 게 보통이었다. 그렇게 다음 날 새벽까지 이리저리 뛰어다녔다. 몸매 관리를 위해 밥 한 끼도 마음대로 먹을 수가 없었다. 스트레스를 풀 수 있는 게 아무것도 없었다. 거울을 볼 때마다 힘들고 지친 내가 보였다. 나 자신이 낯설고 불쌍해 보이기까지 했다.

그래도 모델 일은 계속하고 싶었다. 어떤 일이든 어느 직장이든 힘든 일은 있는 거니까 이겨내고 싶었다. 또 이제 와서 모델이 아닌 생물학도로 돌아가기엔 모델이라는 직업의 매력에 빠져 있었다. 모델이 됐으니 이왕이면 유명 브랜드나 유명 디자이너, 사진작가와 함께 일하고 싶었고, 매거진 표지 모델도 되고 싶었다.

힘든 마음을 달래려 사기 시작한 게 가방이었다. 힘들고 어렵게 번 돈이니 나 자신을 위해 쓰는 게 당연하다고 생각했다. 신발도 사러 갔다. 그때의 나에겐 그런 물건들이 마음을 달래주는 구체적인 위로였다. 물건은 내가 잘하고 있다는 증표를 확실히 보여주는 것 같았다. 신발장에 신발이 가득해도 옷에 어울리는 신발을 새로 고르며 계속 애쓰고 있는 나 자신을 토닥였다. "혜박, 넌 충분히 신을 자격이 있어."

그러면 자존감과 자신감이 조금 올라가는 것 같았다. 나름 현명하게 어려움을 극복하고 있다고 느꼈다. 그나마도 바쁜 일정으로 자주 쇼핑을 할 수 있는 상황이 아니었다. 그래서 더더욱 쇼핑은 꼭 치러야 하는 의식이 되었다. 힘들고 지칠 때마다 나는 계속 가방을 사고, 신발을 샀다. 이런 패턴은 꽤 오래 지속됐다.

그런데 마음은 왠지 비어 있었다. 돈을 버는 대로 물건을 사니 통장도 늘 텅 비어 있었다. 지금 생각하면 이십대 초반의 나는 참 철이 없었다. 그때는 나름 간절했지만, 물건으론 절대 마음을 채울 수 없었다. 만약 그때 물건으로 마음이 충족됐다면, 나는 여전히 그렇게 살고 있을지도 모른다.

그렇게 힘든 시간을 거쳐 몇 가지 일을 겪고 나는 달라졌다. 지금은 함께 맛있는 음식을 먹고, 좋은 경치를 보면서 여행하

는 시간이 얼마나 내게 행복을 주는지 모른다. 힘든 마음도 그런 시간을 통해 자연스레 위로받는다. 예전처럼 참고 노력하지 않아도 내 소소한 행복이 다른 사람에게 전해지는 걸 느낀다. 요즘 내 삶의 모토는 나의 하루하루, 일 분 일 초를 내가 사랑하고 좋아하는 사람들과 행복하게 보내자는 것이다. 너무 당연한 것 같지만 내 마음을 위로해주는 사람들과 함께하는 시간만큼 소중한 것은 세상 어디에도 없다는 걸 깨달은 것이다.

이렇게 내가 달라지고 나니, 모델 일도 점점 동양인 혜박의 매력을 봐줬다. 이젠 바쁘든 바쁘지 않든 상황이 좋든 좋지 않든, 사람들과 좋은 관계를 맺을 수 있는 기회가 있어 좋고, 누군가와 더 친해질 수 있어 보람 있고 행복하다. 나와 소통하는 팬들도 내 마음을 채워준다. 모델 활동을 처음 시작한 10여 년 전부터 지금까지 늘 지켜봐주고 응원해주는 한 팬이 내가 SNS에 올린 사진에 달아준 댓글 하나가 기억에 강하게 남는다.

'언니, 저는 언니가 해외에서 제일 잘나가는 동양인 모델 혜박으로서의 모습이 멋지다고 생각했고 동경했지만, 그때의 언니 모습보다 지금 올리는 가족이나 강아지들과의 사진에서 언니가 더 행복해 보여서 정말 좋아요. 항상 응원할게요!'

혜박이라는 사람 자체를 좋아해주고 응원해주는 마음이

따뜻하게 전해져 읽고 나서 눈물이 났다. 일상적인 지금의 내 모습이 더 행복해 보인다는 말이 정말 감사했다. 그런 팬들 덕에 나는 매일 다짐한다. 영화 〈위대한 개츠비〉에 나오는 화려한 파티보다 매일을 좋은 사람들과 소소한 추억으로 채워가자고.

그렇다고 추억을 만들려고 억지로 애쓰진 않는다. 잘 지내느냐는 문자 한 통, 오랜만에 쓰는 긴 이메일이나 전화 통화. 이렇게 소소한 일상 이야기를 나누는 것만으로도 추억이 된다. 내가 오늘 맛있게 만들어 먹은 요리 레시피를 SNS에 공유하는 것도 즐거운 추억거리다. 오늘도 내 인생은 물건이 아니라 소중한 사람으로, 그리고 그 사람과의 추억으로 채워진다. 지금의 남편이 내게 반한 것도 어찌 보면 바보처럼 순수한 모습에 이 사람이 유명한 모델이라는 걸 잊어버리게 되어서라고 했다.

모델 혜박이 아닌 나란 사람을 좋아해주는 사람이 있어서, 내 이미지가 아닌 내 성격을 기억해주는 사람이 있어서 지금의 혜박이 있다.

깨끗하고
단정하게

시애틀 우리 집 현관문을 열면 주방이 제일 먼저 보인다. 집 구조가 샌프란시스코 스타일이라 평면적으로 보면 좁긴 해도 3층짜리에 방도 화장실도 짜임새 있게 되어 있어 남편과 강아지 두 마리와 함께 지내기에 충분히 크다.

이 집을 처음 마련했을 때 풍수지리에 대해 좀 알아봤다. 평소 나답지 않은 일이다. 새 보금자리에 대한 설렘을 가득 안고 시작했는데, 열심히 찾아보고 나니 허탈한 웃음이 나올 정도로 그 풍수지리라는 게 너무도 단순했다. 현관을 무조건 깨끗이 해놔야 복이 들어온다는 것이다. 그런데 가만 생각해보면 현관만큼 쉽게 지저분해지는 곳도 없다. 밖에 나갈 때마다 필요에 따라 슬리퍼, 운동화, 구두 중에 골라 신게 되니 그에 맞는 신발들을 놓다 보면 현관이 어지러워지기 십상이다. 현관

한구석에 우산이라도 몇 개 두었다가는 금세 난장판이 되고
만다.

자그마한 현관을 정리한다는 건 생각보다 큰일이었다. 현
관 벽 길이에 딱 맞는 신발장을 찾는 것도 쉽지 않았다. 하지
만 그 정도는 예고편 수준. 어렵게 찾은 신발장이 딱 여섯 켤
레만 넣을 수 있는 크기라 과연 어떤 신발들을 넣을 것인지 고
르는 게 여간 힘든 일이 아니었다. 마치 왕중왕전 토너먼트랄
까. 이건 내가 좋아하는 신발이니까 하고 집어 들면 일주일에
두세 번 신는 신발이 고개를 들고 '그럼 나는?'이라고 하는 것
같았고, 그래서 자주 신는 신발을 집으니 좋아하는 신발을 더
자주 신게 될 것 같고…. 그렇게 이 신발 저 신발을 신발장에

넣었다 뺐다 반복하며 신중에 신중을 기했다.

그런데 이렇게 열심히 신발장을 정리하고 나니 뭔가 부족한 느낌이었다. 그래, 거울! 왜 보통 집 현관에는 큼지막한 붙박이 거울이 있지 않던가. 나가기 전에 차림을 확인해야 하니까, 당연히 거울이 있어야 하고말고. 나는 다시 현관에 걸 만한 전신 거울을 찾아 나섰다. 거울을 잘 이용하면 공간이 넓어 보이는 효과가 있다는 말을 들었던 기억도 나고….

하지만 실제 현관에 둔 것은 작고 동그란 거울이었다. 신발장 맞은편에 거울을 두려고 보니, 신발장이 하나 또 있는 것처럼 보일 텐데, 더 답답해 보이면 보였지 깨끗한 느낌이 들진 않을 것 같았다. 거울이 클수록 많은 것을 비춰내서 물건이 많게 느껴지기 때문이다. 결국 나가기 전에 얼굴 정도만 살짝 보고 나가기에 좋은, 작은 거울을 신발장 위에 걸어두었다. 딱 내 시선 높이에.

누가 들으면 그놈의 풍수지리가 뭐라고, 무슨 복을 얼마나 받으려고 현관 정리에 이렇게까지 공을 들였느냐고 할 수도 있다. 하지만 얼마만큼의 수고에도 불구하고 나는 심플한 현관을 적극 권한다. 그것도 화이트톤으로. 물건을 정리하는 습관의 시작이 되기 때문이다. 화이트톤의 공간은 물건이 조금

만 정리되어 있지 않아도 어수선해 보인다. 또 쉽게 때가 타기 때문에 눈에 보이는 즉시 정리하고 닦게 된다. 무엇보다도 집에 들어오는 순간, 현관이 깔끔하면 쾌적함과 개운함이 느껴지고 연결되는 집 안의 다른 공간들도 깨끗하게 유지하고 싶어진다. 그런 기분이 이어져 집 안 곳곳, 바닥에 떨어져 있는 것, 비뚤어져 있는 것, 늘어놓아져 있는 것들이 보일 때마다 그때그때 정리하게 된다.

풍수지리에서 말하는 복이 이런 게 아닐까. 깨끗하고 단정한 습관을 만들고 그것이 생활이 됐을 때 생각도 마음도 명쾌해지고 내 삶이 좋아지는 것 말이다.

내가 사는 곳이
나를 보여주기에

　나는 청소를 싫어하던 사람이었다. 아니, 정리 정돈을 피곤해했다는 말이 더 맞을 것이다. 사실 무언가를 가지런히 놓거나 종류별로 수납하는 게 좀 귀찮은 일인가. 각종 물건들이 엉키고 쌓인 산더미 속에서도 필요한 물건이 거기 있다는 것만 알면 되지, 하고 생각했던 나였다.

　그런 내가 청소, 정리 정돈의 필요성을 느끼기 시작한 건 모델 일을 하면서부터다. 정확히 얘기하면 런웨이의 백스테이지 때문이라고 할 수 있다. 백스테이지는 여러 모델들과 옷, 신발, 메이크업 도구 들로 발 디딜 틈 하나 없이 혼이 쏙 빠질 정도의 아수라장이라고 해도 과언이 아니다. 어디 이것뿐이겠는가. 담당 디자이너, 행사 진행자, 헤어와 메이크업 아티스트까지 서로 목소리를 높여 대화를 하니 수많은 소리가 허공에 뒤엉켜 있다. 수많은 사람이 뛰어다니고 물건들이 이리저리 날아다닐 정도니 퀴퀴한 먼지도 백스테이지에서 빠질 수 없다.

사방에 벽이 쳐진 공간의 소란스러움이란. 이런 환경에 몇 시간씩 대기하는 일이 일상이 되면, 누구라도 쉽게 지치고 답답함을 느끼게 된다. 몇몇 모델들은 탁하고 건조한 공기와 부유하는 메이크업 잔여물로 피부가 뒤집어져 얼굴이 울긋불긋해지기도 한다. 몸에서 적색경보를 내보내는 것이다. 이곳은 위험하다고.

공간을 정리하는 것과 정리되지 않은 공간을 온몸으로 느끼는 것 중, 어떤 게 그나마 덜 피곤할까. 글쎄, 정답은 뻔한 거 아닌가. 사실 나는 정리하고 청소하는 게 중요하다고 생각했지만 막상 늘 그렇지 못했다. 그런데 지금 청소체질이라고 말할 수 있을 정도로 청소가 습관이 된 건 결혼하면서부터다. 엄밀히 말하자면 남편 덕이다.

남편과 연애할 때는 그렇게 운동을 좋아하는데도 땀 냄새, 흙 냄새 하나 배어 있지 않은 걸 보면서 깔끔한 남자인가 보다 생각했는데, 결혼 후 같이 살아보니 남편은 바로바로 치우고 정리하는 게 몸에 익은 사람이었다. 모든 것에 부지런하다. 결혼하고서 걸레를 먼저 잡는 사람이 지는 거라고 하던데, 그런 걸로 치면 남편은 늘 나에게 져줘도 너무 져주는 사람이다. 우리는 누가 더 치웠다, 덜 치웠다 하는 걸로 싸울 일이 없다. 미룰 일이 아니라 당연한 일로 생각하니까. 바로바로 정리하는 성격이 생활이 되고 곧 삶이 된 남편의 모습을 보며 나도 많이 배우게 됐다.

이렇게 말하면 내가 온종일 청소만 하는 줄 알겠지만, 실제로 청소기를 돌리고 바닥 스팀 청소를 하는 건 일주일에 한두 번이다. 내가 쓴 물건만 바로 제자리에 두어도 생각보다 늘 깔끔한 상태를 유지할 수 있다. 욕실 청소만 해도, 샤워를 하고 물기까지 청소하고 나오면 청소를 하는 데 긴 시간을 뺏기지 않는다. 내게는 '닦기 만능 삼총사'가 있다. 베이킹소다와 식초 혼합물, 아세톤 그리고 물티슈다.

먼저 식초에 베이킹소다를 섞어 쓰면 찌든 때 제거에 그만이다. 세면대나 개수대는 물론이고 프라이팬의 묵은 때를 지우는 데도 좋다. 이 혼합물을 뿌려놓고 5분쯤 지난 뒤 자연 거품이 보글보글 오를 때 걸레로 닦으면 말끔해진다. 주방에서 과일과 채소를 씻을 때도 간편하게 사용할 수 있다. 인체에 무해하고 안전하다는 과일 세척제도 시중에 많지만 나는 베이킹소다와 식초를 쓴다. 못 믿어서라기보다, 내 손에 편한 습관이라고 할 수 있다.

아세톤은 냄새가 자극적이긴 해도 눌어붙은 기름때를 제거하는 데 효과적이다. 가스레인지 위의 후드나 타일 벽면에 오래된 때를 제거할 때 주로 쓴다. 코팅된 용기나 색이 있는 것은 손상될 수도 있으니 주의해야 한다.

또 나는 청소할 때 물티슈를 사용한다. 보통 일회용인 물티슈보다 걸레가 더 경제적이고 환경에도 좋지만, 걸레는 빨아써야 하는 귀찮음 때문에 청소를 자꾸 미루게 되는 원인이 되기도 한다. 물티슈로 집 안 곳곳의 오염된 부분이 보일 때마다 닦고, 조금 깨끗한 부분이 나오게 돌려 접어 창틀이나 거울 또는 액자 틈새를 수시로 닦아주면 알뜰하게 사용할 수 있다. 청소를 마치고 더러워진 물티슈를 쓰레기통에 넣을 때는 왠지 집 안 공기마저도 개운해졌다는 느낌이 들 정도다.

내가 이런 이야기를 하면 사람들은 종종 놀라기도 한다. 모델이라 손에 물 한 방울 안 묻히고 살 줄 알았다고 하기도 하고, 다이어트를 위해 일부러 청소를 하는 게 아니냐고도 한다. 어쩌면 내가 집에 대한 애정이 남달라서일지도 모르겠다. 내게 직접 집 안 구석구석을 매만지고 가꾸는 일은 내 삶을 돌보는 것과도 같다. 화려하진 않아도 소박하고 깨끗하며 가지런하게 정돈되어 있는 집 안 상태가 곧 나의 마음 상태라는 생각

이 든다. 곳곳에 나의 시간과 마음이 깃들어 지금의 나를 말해
주는 거울, 그것이 나를 보여주는 공간 아닐까.

오늘도 나는 청소를 한다.

가장 나다운 것이
무엇일까

모델이란 언제 잘될지 알 수 없는 직업이고, 어쩌면 세계적인 모델이 될 기회는 영영 오지 않을 수도 있었다. 다행히 나는 운이 정말 굉장히 좋아서 어린 나이에 캐스팅이 됐다. 동양인인데도 불구하고. 아이러니하게도 그래서 더욱 내가 계속 발전하고 있는지 확신이 안 들었다. 작은 무대부터 차근차근 올라간 게 아니라 단박에 인정을 받은 셈이라 이 모든 게 갑자기 사라질까 불안했다.

솔직히 타고난 몸매도 어느 정도 필요하고, 그걸 가꾸는 노력은 당연했다. 디자이너나 사진작가가 원하는 바를 표현해내는 능력도 필요했다. 표정, 몸짓, 심지어 손짓 하나도 신경이 쓰였다. 그들이 원하는 것 이상으로 더 잘 표현하고픈 욕심과 열정에. 모델 간 경쟁은 더더욱 치열했다. 그러니 노력을 잠시라도 쉬면 더 이상 일이 안 들어올 수도 있었다.

일을 잠시 쉬고 있었을 때였다. 유명 헤어스타일리스트 루이지 무레누에게서 연락이 왔다. 케라스타즈라는 헤어케어 브랜드 광고를 찍는데, 나와 일하고 싶다는 거였다.

"이번에 전 세계로 나가는 광고를 찍는데, 혜박, 네가 동양인으로는 최초 모델이야."

루이지 무레누는 누굴 모델로 쓸까 고민하다 내가 떠올랐다고 했다. 그와 오래전부터 알고 지내긴 했지만 현재 활발하게 활동하는 모델도 많은데 굳이 내게 연락한 이유가 궁금했다.

"넌 항상 웃고 밝은 모습이잖아. 촬영이나 쇼를 하는 내내 사람들이랑 잘 어울리고."

모델은 이미지나 몸매도 중요하지만, 성격이 얼마나 중요한지 다시 한 번 느꼈다. 힘들어도 애써 긍정적이고 밝게 지내려고 했던 내 노력을 인정받은 것 같아 정말 고마웠다. 생각해보면 힘들고 괴로웠던 시간, 나를 버티게 해줬던 건 '항상 긍정적이고 밝은 생각만 하자!'는 내 삶의 모토 덕이었다. 그건 바로 내 어머니의 성격이었다. 어머니를 닮으려 노력하며 나는 많은 사람과 함께 부대끼며 일하는 동안 힘든 마음을 누르고 내색하지 않았다. 아무리 힘들고 상황이 안 좋아도 짜증 내지 않으려고 속으로 계속 좋은 생각을 떠올렸다. 처음 아파트 복도에서 워킹 연습을 하던 나를 격려해주시던 어머니, 처음 모델 캐스팅이 됐을 때…. 그런 생각을 하다 보면 작업하는 동안 사람들과 잘 지낼 수 있었고, 또 그런 모습을 좋게 봐주시곤 했다.

모델은 개성이 뚜렷한 사람이다. 각각 자신만의 개성이 있고, 그 개성이 디자이너의 작품과 코드가 맞을 때 작품이 빛난다. 모델은 사실 무대 위에서 조연이다. 디자이너가 만든 옷이 주연이고 우리는 디자이너가 만든 옷을 입고 사람들에게 보여주는 일을 하는 사람들이다. 그래서 모델이 너무 예쁘면 사람들이 모델을 보느라 옷을 보지 않기 때문에 과하게 예쁜 것은 금물이다.

표정이나 워킹도 과하면 사람들이 옷에 집중하지 못하고, 모델에게 집중하게 된다. 그래서 옷과 쇼의 콘셉트에 맞는 적절한 표정과 워킹을 하는 게 중요하다. 예를 들어 나는 몸에 딱 맞는 정장을 입으면 단순한 표정으로 워킹도 군더더기 없이 깔끔하게 한다. 하지만 긴 이브닝 드레스를 입으면 이런 심심한 걸음과 표정은 어울리지 않는다. 그럴 땐 워킹을 약간 느리게 하지만 늘어지지는 않게 적정한 속도로 우아하게 걷는다.

표정도 드레스마다 갖고 있는 특성에 따라 분위기에 맞게 지으려고 노력한다.

이렇게 할 수 있게 되기까지 많은 노력이 필요했다. 처음 모델 일을 시작했을 때 한국이었다면 아카데미가 많아서 워킹이나 포즈를 배울 수 있었을 텐데, 미국에서 시작하다 보니 집에서 혼자 연습하는 수밖에 없었다.

일단 유튜브에서 다양한 무대에 선 여러 모델들의 동영상을 찾아 끊임없이 돌려봤다. 저럴 땐 저렇게 걷는구나, 이런 쇼에선 이런 표정이 잘 어울리네, 저 옷에 저 포즈는 정말 끝내준다, 열심히 메모하고 기억하면서 많은 모델을 봤고, 한편으로 나는 어떻게 워킹하고 포즈를 잡을지 고민하고 또 고민했다.

또 누가 쳐다보든 말든 나는 힐에 익숙해지려고 노력했다. 나만의 워킹을 찾기 위해 하루에 백 번도 넘게 아파트 복도에서 높은 힐을 신고 왔다 갔다 반복했다. 어머니가 워킹하는 모습을 찍어주시기도 했다. 그걸 모니터링하면서 워킹을 교정했다. 사실 나는 오자 다리인데, 다리를 엇갈리게 걸어야 다른 모델들이 일자로 걷는 워킹에 가깝게 걸을 수 있다는 것도 알게 됐다. 그렇다고 너무 엑스자로 걸어도 안 되니 그 적정한 정도를 찾는 데 꽤 많은 노력이 필요했다.

잡지도 수없이 많이 봤다. 정지된 화보 모델을 보면서 표정과 포즈를 연습했다. 이때는 단순히 모델들만 본 게 아니라 사진작가와 디자이너가 누군지도 꼼꼼하게 살폈다. 사진작가들마다 특유의 좋아하는 모델 스타일이나 포즈가 있어서 그런 게 어떤 건지 기억하면서 거울을 보며 혼자 연습하고 또 연습했다.

최선을 다해 런웨이에 서고 나면, 한두 달 안에 화보나 광고 촬영이 진행된다. 그때 내가 입었던 옷을 메인으로 촬영하게 되면 디자이너에게서 무대 위에서 표현을 잘 해준 덕분이라는 칭찬을 들을 때도 있다. "혜박이니까 이 정도로 표현해준 거야."

모델이란 옷을 보여주는 직업이라 옷보다 튀면 안 되지만, 그 옷을 얼마나 잘 보여주느냐도 모델에게 달려 있다. 조금 아이러니한 듯도 하다. 영화로 치면 주연보다 빛나면 안 되지만, 주연에 주눅 들지 않는 빛나는 조연이라고 해야 할까.

나는 옷이라는 주연의 조연이 즐겁다. 그런 의미에서 나는 모델로서 내 몸과 표정을 사랑한다. 다른 모델과 나를 비교하거나 최고의 모델이 되어야겠다는 결의를 다지지 않는다. 그저 내게 맡겨진 쇼와 촬영에 오늘도 최선을 다할 뿐이다.

백bag이
곧 백back(ground)이 아니기에

불과 몇 년 전까지만 해도 나는 가방을 사랑하고 그 사랑만큼이나 많은 가방을 갖고 있었다. 그런 내가 많은 가방을 정리하게 된 데는 이유가 있다.

같이 활동하던 모델 중 한 명의 이야기다. 잘나가는 그녀는 버는 돈을 모두 겉치장에 썼다. 내가 보기에 그녀는 자신을 가꾸고 보여줄 줄 아는 사람이었다.

그런데 영원히 잘나갈 것 같던 그 모델은 어느 순간 활동이 점점 줄어들었다. 그에 따라 그녀의 수입도 점점 줄어들었다. 하지만 그녀는 평소 습관을 바꾸지 못했고, 드라마처럼 자신보다 나이가 훨씬 많고 돈도 많은 남자와 결혼했다. 남편의 돈으로 치장할 수 있게 되고 나니 모델 일도 안 하기 시작했다. 어느 날부턴지 그녀를 볼 수 없었다.

그리고 얼마 후 이혼당했다는 소식을 들었다. 충격이었다. 그녀는 너무 오래 쉰 탓에 다시 런웨이로 돌아오지도 못했다. 그녀 없이도 런웨이는 변함없이 화려하게 빛났고 모델들은 백스테이지에서조차 자신의 개성을 뽐냈다.

나는 더 이상 그 모델처럼 살고 싶지 않았다. 그래서 옷장을 열었다. 내가 그토록 사랑했던 가방들이 어둠 속에 묻혀 있었다. 남들 시선을 의식하며 구입했던, 어디서 샀는지 기억도 나지 않는 가방들이 가득했다. 내가 사랑했던 건 가방 자체가 아니라 사람들의 평가였다. 앞서 말한 모델이 멋저 보였듯, 다른 사람들도 나를 그렇게 볼 거라는 생각에 늘 새로운 가방과 팔짱을 끼고 다녔다.

사람들이 '혜박'을 떠올리면, 모델이라 역시 다르다는 말을 듣고 싶었다. 그래서 외국의 여러 도시를 다니는 일정 중에 조금이라도 특이하다 싶은 가방을 만나면 일단 사고 봤다. 사실 나뿐 아니라 모델이라면 누구나 그랬다. 그런 핑계를 대기 쉬운 환경이었다. 하지만 옷장 앞에 서서 가방들을 보고 있자니 그 속에 나는 없었다.

나는 모델이기 전에 '혜박'이라는 사람을 떠올렸다. 모델이 되기 전의 나는 패션에 전혀 관심 없는 소녀였다. 친구들이 남자아이들에게 잘 보이려고 한겨울에도 짧은 치마를 입을 때, 나는 롱 패딩으로 몸을 칭칭 감싸고 다녔다. 친구들을 보며 추운데 감기 걸리면 어쩌려고 저러나 싶은 걱정이 앞섰다. 그때 나에게 옷이나 가방은 그저 실용적인 도구일 뿐이었다.

학생 시절 나는 열심히 공부하는 것만으로 충분히 자존감 높고 행복한 아이였다. 그렇다면 열심히 모델 활동만 해도 나는 있는 그대로 행복할 수 있는 사람이라는 생각에 도달했다. 나는 그날 옷장 앞에서 철이 들었다.

내가 한 번 더 가방에 대해 생각해보게 된 건 시애틀로 이사한 후였다. 시애틀은 부자들의 도시다. 아마존, 노스트롬 같은 국제적인 기업들이 즐비하다. 나는 일 때문에 한 기업 임원들과 만난 적이 있다. 미팅 첫날, 나는 굉장히 긴장했다. 그 정도 기업의 임원이라면 날렵하고 세련된 수트 차림에 격조 높은 명품 브랜드 가방을 들고 나올 게 분명했다. 나도 그에 맞춰 제일 좋은 옷으로 차려입고 미팅 장소에 나갔다. 그런데 그들과 마주한 순간, 내 예상은 완전히 빗나갔다. 그들은 아주 소박하게 입고 있었던 것이다.

이후 다른 기업의 임원 미팅도 해봤지만 명품 브랜드를 몸에 걸치고 나온 모습을 본 적이 없다. 명품은 그림자도 찾아볼 수 없었다. 편한 옷, 효율적인 가방, 시간을 한눈에 볼 수 있게 숫자가 큰 기능성 시계, 그게 전부였다. 인터넷에서 종종 볼 수 있는 애플의 스티브 잡스나 페이스북의 마크 저커버거의 스타일은 사실 시애틀에서 흔히 볼 수 있는 성공한 임원의 스타일이었다. 잘나가는 직업을 갖고 좋은 집에 사는 임원들에게 명품 가방 하나가 없다는 게 나에겐 꽤 충격이었다.

그들의 가방은 더 충격이었다. 브랜드를 알 수 없는 저렴한 가방이었다. 그리고 미팅 중에 필요한 것이 있으면 계속 대화를 나누면서 가방 속을 보지도 않고 손을 넣어 꺼냈다. 업무에 필요한 태블릿 PC나 펜, 수첩, 스마트폰은 물론 비타민이나 손수건 같은 물건들이 다 들어 있었다. 나는 너무 신기해서 어떻게 그럴 수 있느냐고 물었다. 임원들은 하나같이 겉모습에 최소한으로 신경 써야 본분에 충실할 수 있다고 답했다. 그들은 회사와 가정, 무엇보다 자기 인생을 책임지는 데 집중했고, 가방은 그에 맞춰 정말 물건을 담는 용도로만 썼다. 그들이 본분에 충실한 것처럼, 나는 가방의 본분도 필요한 물건을 잘 담는 거라는 걸 깨달았다.

일단 디올 가방을 버렸다. 꽃무늬 자수가 놓인 이 가방은 내가 모델이 되고 처음 산 가방이었다. 너무 낡아서 더 이상 가방의 제 기능을 하지 못했지만, 쉽게 버릴 수 없었다. 찌든 때가 남은, 실밥이 풀릴 정도로 낡디 낡은, 내 손때와 그만큼의 추억이 잔뜩 묻어 있는 가방이었다. 몇 번을 망설인 끝에 겨우 버렸다. 이 가방과는 충분히 연애했다고 생각했다. 그토록 아끼던 디올 가방과 이별하고 나니 옷장에 빈 공간이 눈에 들어오기 시작했다. 가방이 많아야 옷에 어울리는 가방을 고르기 쉽다고 생각했는데, 오히려 가방이 적으니 각각의 가방이 가진 용도가 눈에 잘 들어왔다. 덕분에 아침에 어떤 가방을 들지 고민하는 시간이 확 줄었다.

그 후 나는 가방을 살 때 아주 신중하게 시간을 들여 고른다. 언제 어디서 들어도 무난하게 어울리는지, 유행은 안 타는지, 꼭 필요한 물건들을 다 넣어도 들기 쉽고 가벼운지, 화장지나 교통카드 같은 걸 찾기 쉽게 내부 구조가 잘 짜여 있는지 등을 꼼꼼하게 확인한다. 브랜드는 중요하지 않다. 가방으로서 본분을 다할 수 있는 기능이 충분한데 가격도 싸면 더 좋다. 잘 만들어진 실용적인 가방은 오랜 친구처럼 편해서 들 때마다 기분이 좋아진다.

그렇게나 가방을 좋아하던 나였지만, 남편도 이젠 특별한 기념일에도 가방을 선물하지 않는다. 내가 과감히 정리하는 걸 본 후부터는 꽃다발이나 평소 좋아하는 케이크를 사 온다. 함께 맛있는 걸 먹으러 나가기도 하고, 간단하게 초콜릿을 사

오기도 한다. 그거면 족하다. 가방을 선물 받을 때보다 훨씬 좋다. 이후에는 가방뿐 아니라 옷이나 신발까지 정리하기 시작했다. 필요한 곳에 기부도 하고 지인들에게 선물하기도 했다. 누굴 주기 민망한 것은 과감히 버렸다.

지금 돌이켜보면 나는 이십대 때 참 생각이 어렸구나 싶다. 그도 그럴 것이 '백bag이 곧 백back(ground)'인 줄 착각했기 때문이다. 가방은 모델이 된 나의 가장 친한 친구이자 애인이었다. 가방은 나에게 자부심을 안겨줬고, 나를 특별하게 빛내줬다. 그렇다고 믿었다. 남들이 갖고 싶어 하는 가방을 들고 다닐 때면 자신감과 자존감이 쭉쭉 올라갔다. 새 디자인은 끊임없이 쏟아졌고, 새로운 유행도 어김없이 찾아왔다. 모델이란 직업 덕에 신상품 소식도 가장 빨리 들었다.

당시 새내기 모델로서 나의 모토는 '항상 새로운 것을 찾아내자!'였다. 패션의 변화에 민감한 모델이 유행에 뒤처지는 것은 전문적이지 못한 것이라 생각했다. 그래서 내 옷장은 항상 방금 나온 따끈따끈한 가방들로 채워졌다. 새로 산 가방을 볼 때마다 나는 내가 프로라고 느꼈다. 그러다 보니 가방에 점점 더 의존하게 됐다. 쇼나 촬영장에서 만나는 모델들은 매일같이 새로운 가방을 들고 왔는데, 내가 사려고 했던 가방을 다른 모델이 먼저 들고 오면 샘이 났다. 내 것을 빼앗긴 것처럼 속상했고, 뒤처졌단 생각에 패배한 느낌마저 들었다. 지고 싶지 않았다. 그게 싫어서 버는 돈의 대부분을 가방 사는 데 바쳤다. 아무도 그런 나를 걱정하지 않았다. 다들 그러니까. 가방은 일종의 투자이기도 했으니까.

꼭 필요한 가방만 남긴 지금도 나는 예쁜 가방을 보면 가슴이 두근거린다. 다만 지금은 무턱대고 사지 않는다. 나 자신에게 '정말 들고 다닐 거야?', '다른 가방으로 대체할 순 없어?', '지금 꼭 필요한 거야?' 등을 묻는다. 그러면 대부분 답은 정해져 있다. "나에게 필요한 가방은 이미 충분해."

센스 있는 스타일보다 더 중요한 건 가방 속이다. 그 사람의 성격과 가치관이 가방의 내부와 깊이 연결되어 있다고 생각한다. 단정한지, 합리적인지, 꼼꼼한지, 덜렁대는지…. 가방에 담긴 물건과 그 위치를 보면 가방 주인이 보인다. 나는 내 가방 속을 들여다본다. 그저 가방다운 가방이 나다운 나를 담고 있다.

실제로 가방은 한 사람의 아이덴티티를 보여준다. 선호하는 가방 브랜드로 그 사람의 취향을 알 수 있고, 디자인으로

가방 주인의 안목과 감각도 알 수 있다. 물론 가방 하나로 한 사람을 판단하는 건 성급할 수도 있지만. 내가 보기에 IMF 총재 크리스틴 라가르드는 가방을 잘 활용할 줄 아는 사람이다. 세계통화기금을 쥐락펴락하는 그녀의 손에 들린 에르메스 켈리백이 매번 옷에 맞춰 바뀌는 건 유명하다.

직책에 안 맞거나 사치스러워 보인다는 가십으로 유명하냐고? 아니, 역할에 맞는 센스 있는 차림이 외교와 의전에도 얼마나 중요한지 보여주는 걸로 유명하다. 그녀가 회의장을 우아하게 걸어가는 사진을 보면, 신문인지 〈보그〉 화보인지 헷갈릴 정도다. 라가르드가 켈리백을 들고 보여주는 '쇼 타임'은 업무를 위한 화룡점정의 장식이다. 마치 음식에 파슬리를 살짝 얹는 것처럼.

심플한 삶을 살고 있지만 솔직히 내 삶에서 가방이나 나를 보여주는 아이템들을 완전히 배제할 수는 없을 것이다. 모델의 본분을 지키기 위해 필요한 것도 있으니까. 어느 런웨이에 섰는지, 어느 브랜드의 모델이 되었는지에 따라 사람들이 나를 보는 시선이 달라진다는 걸 안다. 그래서 어떤 디자이너와 일하는지, 어떤 잡지사가 날 캐스팅했는지, 어떤 사진작가와 일하는지, 또 표지 모델인지 아닌지 무척이나 신경 쓰던 때가 있었고, 지금도 완전히 초연하지는 못 했다. 그게 모델로서 명예이기도 하니까.

하지만 더 이상 내 자존감을 높이기 위해 물건을 사지는 않을 것이다. 혜박이란 사람이 먼저고, 그다음이 모델로서 혜박이다. 보여지는 부분이 많은 삶이지만, 각종 매체에서 볼 수 있는 혜박이 나의 전부는 아니다. 물건인 가방도 겉보다 속이 중요한데, 혜박이란 사람은 더더욱 겉보다 속이 중요하지 않을까? 물론 이 글을 읽고 있는 당신도 그렇다.

자신감을 주는 옷들이면
충분하다

'유행에 관심은 있니?', '똑같은 옷 좀 그만 입어!', '옷에 구멍 나겠다.' 같은 말을 평소 자주 듣는다. 무대에 서지 않을 때의 나는 그야말로 옷을 심심하게 입는다. 심심한 것은 지루한 것과는 다르다. 집밥은 단순하고 심심하지만 언제 먹어도 익숙하고 편하다. 때로 그리워지기도 한다. 내가 평소에 입는 옷은 그런 집밥 같은 옷이다. 한편으로 아무리 집밥이 좋아도 가끔은 특별한 외식을 하고 싶다. 내가 모델로서 입는 옷이 바로 그런 외식 같은 옷이다.

요즘엔 연예인들의 꾸밈없는 일상이 텔레비전에도 많이 나온다. 그러니 모델 혜박을 아는 내 주위 사람들도 기대를 덜할 만도 한데, 나는 여전히 '유행에 관심은 있느냐'는 핀잔을 듣는다. 확실히 난 사람들 기대에 부응하는 패셔니스타는 아닌 듯하다. 사실 모델들이 쇼나 촬영 때 입는 옷들은 하루 빌려 입은 것들이다. 모델이란 직업 때문에 사람들은 내 옷장이 화려하고 값비싼 옷들로 가득 차 있을 거라 기대하지만, 현직 모델인 내 옷장엔 사실 내가 아니면 구별하기도 힘든 비슷비슷한 화이트와 블랙 계열의 모노톤 옷들이 가득 차 있다.

무채색은 화려한 색보다 훨씬 더 많은 장점을 가지고 있다. 일단 모든 색깔의 피부, 머리카락, 눈동자, 액세서리와 잘 어울린다. 인상을 분명하게 만들어주고, 단정하고 우아한 멋도 있다. 어느 장소에 입고 가도 잘 어울려 자신감을 높여준다. 덕분에 입은 사람의 매력을 효과적으로 드러나게 해준다. 이 모든 장점 때문에 나는 무채색 옷이 정말 좋다.

물론 나에게도 무채색 외의 색깔 있는 옷이 있다. 몇 벌 정도. 하지만 솔직히 말하면, 나는 옷 자체가 별로 없다. 다른 모델이나 연예인과 비교해서는 물론이고, 보통 여자들에 비해서도 없는 편이다. 고백컨대 똑같은 옷을 연달아 입는 날도 종종 있다. '너 설마 어제랑 같은 옷 아냐?'라는 말이 어색하게 들리지 않을 정도다. 이런 나는 사람들이 어떻게 매일 다른 옷을 입고 출근하는지 신기하기도 하다. 직장에 다니는 내 주위 친구들은 유니폼을 입는 직업이 제일 부럽다고 한다. 그런데 그런 직장인들조차 피곤에 찌든 날엔 유니폼을 입은 채 코트만 걸치고 퇴근한다는 걸 보면, 매일 아침 뭘 입을지 고민하는 건 정말 괴로운 일이 분명하다. 오죽하면 '내일 뭐 입지?'라는 한 옷 브랜드 CF의 카피가 많은 이들의 공감을 얻었을까.

나는 옷 가짓수가 적은 대신 '대충 아무렇게나 걸칠 옷'이나 '그나마 덜 이상한 옷' 같은 애매한 옷은 단 하나도 없다. 그 덕에 뭘 입을지 옷장 앞에서 별로 고민하지 않는다. 어떤 자리에서 누굴 만나든 내가 자신 있게 입고 나갈 옷들로만 옷장이 차 있기 때문이다. 내가 가장 기분 좋게 입을 수 있는 옷들만 들어 있는 옷장, 그 자체가 바로 내 자신감이다. 내 기준으론 그런 내가 바로 패셔니스타다. 또 나는 나이가 들수록 자신의 스타일을 더 중요하게 여겨야 한다고 생각한다. 연륜에 따른 기품이 흐르고 당당한 자기만의 스타일이 있어야 멋지게 나이를 먹을 수 있다. 나이가 들어도 일하는 자리에서는 단정하게, 친목 모임에서는 우아한 옷에 액세서리를 곁들이는 식으로 자신의 품격을 만들 줄 아는 사람이 패셔니스타다.

그런 의미에서 '패셔니스타'의 기준을 다시 생각해볼 필요가 있다. 유행을 따라가거나 앞서가면? 파격적인 스타일도 소화하면? 일단 유행을 따라가는 게 패셔니스타는 아닌 것 같다. 플리츠 스커트가 유행한다고 해서 안 어울리는 걸 뻔히 알면서도 플리츠 스커트를 입는 사람이 패셔니스타가 될 순 없다. 잘 어울리지도 않는 불편한 옷을 입고 왜 그런 스타일로 입었느냐는 누군가의 질문에 '유행이라서요'라고 답한다면, 소위 '패션 피플'은 아니다. '나는 정말 패셔니스타가 되고 싶다. 될 수 없다는 걸 인정하고 싶지 않다'고 말하는 셈이랄까.

유행은, 우리가 보지 않으려고 노력해도 수많은 광고에서 쏟아져나와 우리를 부추긴다. 예컨대 이번 계절 노란색이 유행이라면 노란색 아이템을 하나라도 가져야 한다고 자꾸 유혹한다. 나 역시 그런 유혹에 혹할 때가 많다. 하지만 나는 몸이 길고 얇아서 알록달록한 옷을 입으면 정말 과해 보인다. 그런 내 몸을 뻔히 알기 때문에 유행이라 할지라도 굳이 무리해서 노란색 옷을 입을 생각은 없다. 그건 그냥 내 색이 아니다. 유행하는 옷이 내게 입혀질 때는 모델 혜박일 때뿐이다. 만약 노란색이 나에게 어울린다고 해도 한 철을 입고 나서 다시 손이 안 간다면, 그 역시 내 옷이 아니다.

한번 우리가 패셔니스타라고 부르는 사람들을 떠올려보자. 유행을 따라가는 사람인가? 아니면 자기에게 정말 잘 어울리는 옷을 멋스럽게 소화하는 사람인가? 모두가 패셔니스타가 되어야 할 이유도 없지만, 유행을 좇는 패셔니스타는 솔직히 매력이 없다. 나는 사람들이 '혜박은 혜박의 스타일이 있다'고 말해주면 좋겠다. 그러면 내가 패셔니스타라고 느낄 것이다.

패셔니스타라는 로망. 그 로망을 실현하려면 일단 나만의 시간이 필요하다. 약속도 없고, 처리해야 할 일도 없는 그런 날이 딱 좋다. 먼저 옷장을 열어 걸려 있는 옷들을 천천히 둘러본다. 입었을 때 편안한 느낌이 든다면, 오케이! 내 스타일이다. 불편한 느낌이 드는 옷은 결국 입지 않고, 입어봐야 자신감도 생기지 않는다. 작년에 안 입은 옷은 올해도 안 입고 내년에도 안 입는다는 걸 인정하고, 내 스타일이 아닌 옷들은 몽땅 꺼내서 과감하게 정리할 필요가 있다. 옷장에 옷이 빡빡하게 들어 있으면 장마철에 습기만 찬다.

그런데 막상 정리하려고 꺼내놓으면 왠지 다음에 입을 것만 같은 게 사람 마음이다. 옷장에 다시 집어넣고 싶어진다. 하지만 생각해보자. 이십대에 입었던 옷을 삼십대에 입기 힘들다는 걸 우리는 알고 있다. 십대에 입었던 옷을 이십대에 입기 힘들고, 삼십대에 입었던 옷을 사십대에 입기 힘든 것도 마찬가지다. 날씬했을 때 입었던 옷은 자극용으로 한 벌쯤은 남겨둬도 좋겠지만, 막상 다이어트에 성공하면 더 예쁜 옷을 사입게 된다. 언젠가 입을 것 같아서 남겨두고 싶은 옷이 있다면 그 옷을 언제 마지막으로 입었는지 떠올려보자. 의외로 그 옷을 입은 날은 과거 몇 년 사이에 없었고, 미래에도 없을 가능성이 크다.

　이런 일이 있었다. 어느 날 우리 집에 일주일에 한 번씩 와서 청소를 해주시는 멕시칸 아주머니가 내게 아주 조심스럽게 물으셨다. "혹시 안 입거나 버리는 옷 중에 제 딸에게 줄 수 있는 옷이 있을까요?"
　아주머니의 딸은 열두 살로 나도 본 적이 있었다. 그 아주머니는 성실하시고 고마운 분으로 내 입장에서는 입던 옷을 드리는 게 죄송스러워서 못 드리겠다고 대답했다. 나중에 생각해보니 필요하셨던 게 아닐까 싶어 고민하다가 안 입는 옷 중 딸에게 맞을 만한 옷들을 추렸다. 깨끗하게 빨고 개어 다음 주에 오신 아주머니께 입던 옷이라 죄송하다는 말과 함께 옷이 담긴 종이봉투를 내밀었다. 나는 옷을 드리면서도 새 옷이 아니라 마음이 내내 불편했다. 하지만 막상 옷을 받은 아주머니는 환하게 웃으며 몇 번이나 고맙다고 인사를 하셨다. 그리고 그다음 주에는 내가 준 옷을 입은 딸이 아주머니와 함께 와서 고사리만 한 손으로 편지와 작은 선물 상자를 건넸다. "제게 준 옷들을 아주 잘 입고 있어요. 정말 감사드려요. 저랑 엄마에게 정말 잘해주시는 것도 감사해요!"

　손으로 쓴 편지와 직접 만든 팔찌를 받고, 나는 이 꼬마 친구에게 진심으로 감사했다. 평소 입지도 않았던 내 옷들이 누군가에게 행복과 기쁨을 줄 수 있다는 걸 가르쳐줬기 때문이다. 나는 사실 아주머니의 생각과 달리, 아이는 누군가 입던 옷을 좋아하지 않을 거라 생각했다. 보통 그 또래 아이들에 대해 내가 가지고 있던 편견은 이 꼬마 친구의 순수한 미소 덕에 깨졌다. 이렇게 옷장 정리가 나만을 위한 것이 아니라는 것을 깨달은 후에 정리하는 속도가 더 빨라졌다.

　옷장을 정리하고 나면, 내가 좋아하는 색, 주로 입는 스타일이 점점 분명하게 눈에 들어올 것이다. 이제 자신감을 주는 옷들만 있는 옷장을 가진 당신이 최고의 패셔니스타다.

그래도 옷장 정리가
어려운 당신에게

옷장을 정리하는 게 어렵지 않은 것처럼 말했지만, 사실 막상 시작해보면 정인지 미련인지 옷장에서 옷을 추려내는 게 그렇게 힘들 수가 없다. 나도 정든 걸 참 못 버리는 성격이라, 몇 번 말했지만 옷장이 가득 차고도 넘쳐 바닥까지 널려 있던 때가 있었다.

또 아무리 정리가 즐거워졌어도 끝까지 못 버린 옷이 하나 있다. '티바이알렉산더왕T by Alexander Wang의 기본 브이넥 흰 티셔츠다. 나는 보통 오디션에 갈 때 흰색 티셔츠에 블랙 스키니진을 입는다. '안 되면 어쩌지' 싶은 걱정이 들 때마다 나는 이 티셔츠를 입고 나갔다. 그러면 단 한 번의 예외 없이 합격이었다. 심지어 그냥 그 티셔츠를 입고 나간 날 탈락했던 캐스팅 담당자에게서 '피팅하러 다시 올 수 있느냐'는 연락을 받은 적도 있다. 나에겐 정말 행운의 티셔츠다. 많이 낡고 해졌지만, 아직도 잘 세탁해서 입고 있다.

다른 티셔츠도 한번 사면 해질 때까지 몇 년씩 입는다. 물론 티셔츠만 그렇게 입는 건 아니다. 블랙 스키니진 하나도 쇼든 오디션이든 하도 많이 입어 무릎과 밑단이 해졌다. 일부러 찢어진 구제 바지를 입는 사람도 있는데, 뭐. 이 블랙 스키니진을 입으면 우선 편안하다. 또 익숙한 친구 같아서 오디션 워킹 때도 든든하다. 나를 제일 잘 보여주는 바지라 자연스레 자신감도 묻어난다. 오래된 옷이라 유행에 뒤처져 보이거나 왠지 기죽지 않을까 아직도 걱정된다고? 아니, 사람들은 분명 자신감 있는 내 태도에 빈티지한 멋이 있다고 느낄 것이다. 만에 하나 남들 눈엔 낡은 옷이 이상해 보일 수도 있다. 하지만 추억이 담겨 있다. 절약도 된다. 환경을 위해서도 좋은 일이니 앞으로도 계속 이런 삶을 유지하고 싶다.

옷이 낡았다고 무조건 버릴 필요는 없다. 내가 옷장을 정리하는 기준은 두 가지다. 첫째, 나도 안 입고 남도 못 입는 것은 버린다. 둘째, 나는 안 입지만 누군가는 입을 수 있다면 세탁해서 지인에게 준다. 멕시칸 아주머니의 딸을 만난 후로 나는 안 입는 옷은 그 옷이 어울릴 것 같은 지인에게 준다. 내가 안

입어서 그렇지 아까운 옷들이다. 하지만 나도 못 입을 옷을 다른 사람에게 주는 건 실례다. 아마 그렇게 옷장을 떠난 옷들은 누군가의 마음을 따뜻하게 채웠을 것이다.

이제 정리한 옷장을 열면 자신의 겉모습은 물론이고 내적으로도 멋진 스타일을 갖출 수 있다. 옷장이 빈 만큼 잘 어울리고 자신감을 주는 옷들로만 채워졌기 때문이다. 많은 옷을 가진 사람보다, 입고 나서 거울을 한 번 더 보게 만드는 옷을 가진 사람이 진짜 패션을 아는 사람이라고 생각한다.

모두가 유행을 따라가는 세상을 상상하면 너무 지루하다. 물론 한 사회에서 남과 더불어 살면서 유행을 아예 무시할 순 없다. 그렇다고 유행을 따라 한 벌쯤은 갖고 있어야 할 것 같은 압박감에 옷을 사기 시작하면, 옷장은 어느새 입지도 않는 철 지난 옷들로 가득 차게 될 것이다. 유행에 민감한 옷들은 더더욱 그렇다.

요즘엔 인터넷으로 옷을 싸고 쉽게 구입할 수 있어서 유행이 지나면 못 입을 줄 알면서도 '몇 번 입고 말지'라는 생각으로 옷을 사는 경우가 많다. 이런 옷은 진짜 한두 번 입고 만다. 화면 속 모델이 입은 모습을 보고 예뻐서 주문했는데, 실제로 받아서 본 옷이 기대와 달라서다. 대부분의 모델이 너무 마르기도 하지만, 모델은 그 옷이 잘 어울리는 장소를 배경 삼아 제일 잘 어울리는 액세서리를 하고 사진을 찍는다. 옷이 가장 예쁘게 보이는 조명은 물론이고, 후보정도 한다. 그러니 직접 입어보지 않고 인터넷에서 주문한 옷 중 하나쯤은 사이즈가 안 맞아서, 하나쯤은 기대와 다른데 환불하기 귀찮아서, 하나쯤은 나랑 안 어울려서 포장만 뜯고 햇빛을 보지 못하는 경우가 있는 것이다.

나도 인터넷 쇼핑을 한다. 미국에서도 인터넷이 매장보다 가격이 싸고 무료 배송이라 부담도 없다. 나는 내 사이즈를 잘 알아두었다가 미국 사이즈로 XS이나 0같은 표기만 확인하는 것이 아니라 옷의 실제 측정 사이즈를 확인해서 나에게 맞는 옷만 주문한다. 특히 티셔츠는 브랜드를 안 따져서 인터넷 구매가 편하다. 아쉽게도 스키니진은 내 다리 길이 때문에 입는 브랜드가 몇 군데 정해져 있다. 마더데님mother denim, 제이브랜드J brand, 레그앤드본Rag&Bone, 프레임데님Frame denim 정도다. 마르고 날씬하면 어떤 옷이든 소화해서 스타일을 잘 살리기 쉽다고 생각하기 쉬운데, 꼭 그런 것만은 아니다.

어느 브랜드나 사이즈는 유사하다. 자기 브랜드의 색깔을 살려 디자인하기 때문에 유행하는 브랜드를 쫓아가기 보단 자기와 사이즈나 스타일 코드가 잘 맞는 브랜드를 먼저 찾아보는 것이 옷을 잘 입는 데 도움이 된다. 나도 맞는 길이의 바지 브랜드를 찾을 때까지 여기저기 뒤지고 다녔다.

나는 무채색을 좋아하고 또 잘 어울리기도 해서 옷을 고를 때 색상 선택이 정말 쉽다. 하지만 다양한 색을 좋아한다면 자기 얼굴색을 잘 아는 게 중요하다. 화장품을 살 때만큼이나 유심히 얼굴색이 전체적으로 밝은지 어두운지 살펴봐야 한다. 눈동자의 색이나 입술 색도 잘 관찰해보면 의외로 얼굴에 다양한 색이 조화롭게 있는 것을 발견할 수 있다. 옷 색이 자신과 잘 어울리면 자신감 있어 보이고 피부도 더 밝아 보이고, 주근깨나 기미 같은 게 눈에 띄지 않으며 전체적으로 자연스럽다. 반대로 안 어울리는 색은 눈에 띄지 않던 점도 크게 보이게 하고 전체적인 분위기가 산만해진다. 아무리 예쁜 색도 자신에게 어울리지 않으면 내 것이 아닌 것이다.

평소에 좋아하는 색과 자신이 어울리는지 직접 확인해보면서 어울리는 색을 찾아두면 인터넷 쇼핑에도 요긴하다. 같은 색도 채도에 따라 느낌이 많이 다르기 때문에 화면에 보이는 게 다가 아니란 것도 기억해야 한다. 패션의 시작은 자기 자신을 아는 것이다. 하지만 내게 어울리는 게 당신에겐 안 어울릴 수 있고, 당신에게 어울리는 게 내겐 안 어울릴 수 있다.

옷장을 열고 옷들과 대화하는 시간을 가져보자. 한 번만 제대로 정리하고 자신과 맞는 스타일을 찾아놓으면, 그다음부터 자연스레 자신과 딱 맞는 옷장을 계속 유지할 수 있다. 옷장 정리와 더불어 스스로를 돌아보면서 자신을 더 사랑하게 되는 건 덤이다. 아마 옷장을 정리하면서 친구들과 옷을 나누면 더 깊고 즐거운 우정도 나눌 수 있을 것이다.

Don't hesitate!

신발은
쉽게 낡기에

　　내 발에만 딱 맞는 신발. 신데렐라의 유리 구두처럼 내 발에만 딱 맞는 신발은 남녀 불문, 모두의 로망이라 할 수 있다. 신발은 걷기 시작한 사람 누구에게나 필요하다. 주인이 누구든, 가려는 곳이 어디든, 원하는 곳으로 데려다주는 정말 중요한 물건이기 때문이다. 인생의 행적을 만들어주는 물건이라고나 할까.

　　날씨도 화창하고 기분도 좋은 날, 노란색 하이힐을 신고 또각또각 보도블록을 걷는다. 마치 왕자님이 나타날 것만 같은 기분으로 콧노래를 부르며 집을 나섰다. 하지만 가려던 곳이 대형 마트라면 하이힐은 아마 집에 돌아올 때 가장 원망스러운 대상이 될 게 뻔하다. 그런 의미에서 신발은 다른 무엇보다 기능이 우선이다.

어느 누구도 하이힐이 편해서 신는 건 아니다. 여성들은 어릴 때 하이힐에 대한 환상이 있었을 것이다. 하지만 현실은 발뒤꿈치가 다 까지고 발가락들은 숨도 쉴 수 없을 만큼 갑갑하다고 아우성치고, 발목은 시큰거린다. 몸에 무리가 가는 줄 알면서도 포기할 수 없을 뿐이다. 다리 윤곽을 더 예쁘게 보이려고, 키도 좀 커 보이려고. 힐은 여성을 매력적으로 보이게 하는 아이템 중에 하나라고나 할까?

내가 처음 하이힐을 신은 건 첫 오디션을 가게 되었을 때다. 모델 일을 하기 전, 생물학을 전공하는 평범한 대학생일 때는 불편한 하이힐을 신을 필요가 없었다. 나의 첫 하이힐은 청소년 시절 내내 모델이 되는 걸 반대하셨던 어머니가 정말 큰맘 먹고 선물해주신 것이다. 내가 모델이 되는 걸 반대하시는 것이 내심 서운했던 터라 어머니의 하이힐 선물은 특별했다. 나의 꿈을 인정해주시고, 나를 어른으로 대해주시는 것처럼 느껴졌다. 무엇보다 어머니의 사랑을 느낄 수 있었다.

어머니가 사주신 하이힐은 모델에게 필요한 기능을 다 갖고 있었지만, 모든 하이힐이 그렇듯이 신기 편하진 않았다. 이 하이힐은 나의 첫 워킹 연습과 첫 오디션을 함께했고, 나를 원하던 모델 세계로 데려가주었다. 여러 나라를 여행할 수 있는 기회를 만들어주었고, 다양한 사람들과 만나게 해줬다. 불편함을 감수하고도 남을 만큼 나를 행복하게 만들어주었다.

그렇다고 평소에도 이 하이힐을 신으며 그 행운과 행복을 즐기느냐고 묻는다면, 절대 No! 내 인스타그램의 일상 사진을 보면 알겠지만 아무리 예쁘고 빛나는 신발이라도 평상시에는 정말 거추장스럽다. 신발은 내가 지금 하려는 것이 무엇인지, 내가 가려는 장소에서 얼마나 제 기능을 잘 발휘하는지가 제일 중요하니까.

그래서 나는 장소, 분위기, 활동 내용, 이 세 가지 기준에 따라 신발을 결정한다. 그러면 하려던 일이 신발 때문에 방해받을 일이 없다. 진짜 좋은 신발은 신발의 존재를 잊게 만든다. 가방처럼 신발도 자기 제 몫을 다하는 게 중요하니까. 예컨대 모델로서 워킹을 할 땐 15센티미터의 힐을 신어도 내가 표현하려는 디자인에 집중하므로 발이 아프다는 생각이 안 든다. 하지만 만일 평상시에 그런 높이의 힐을 신고 나갔다면 '왜 이걸 신고 나왔을까?'라며 후회할 게 뻔하다.

불편한 신발은 신고 있는 내내 거슬리기 마련이다. 하이힐 때문에 발뒤꿈치가 까졌는데 계속 서서 발표해야 할 때, 혹은 흰 운동화를 신었는데 운동장에 흙이 질퍽할 때, 긴 장화를 신고 나왔는데 비가 멈춰 해가 쨍쨍할 때, 온 신경이 신발에 집중된다.

　모델이 되고 초반에 나는 평소엔 절대 신을 수 없는 15센티
미터가 넘는 힐을 많이 샀다. 어머니가 사주신 힐이 그랬듯 나
를 더 멋진 모델 세계로 데려다줄 거란 생각에 글자 그대로 많
이, 차고 넘치게 샀다. 캐스팅, 미팅, 행사 같은 곳에 일을 하러
갈 땐 그중에 한 개를 골라 신고, 말 그대로 땅에서 15센티미터
위로 올라서서 집을 나섰다. 워킹을 위해선 당연히 그런 높은
힐이 필요하기도 했다. 높은 신발은 나를 돋보이게 만들었다.

　그러다 한번은 이런 일이 있었다. 오디션이 한 건밖에 없는
날이었는데, 다른 편한 신발을 신고 힐은 따로 들고 나갈까 하
다가 그게 더 거추장스럽게 느껴져 15센티미터가 넘는 힐에
몸을 맡겼다. 높은 힐도 꽤 이력이 나서 오디션 장소까지는 무
리 없이 가서 잘 마치고 나왔다. 그리고 기분 좋게 집으로 돌아
가려는 참에 에이전시에서 연락이 왔다. "혜박 씨, 오늘 오디션
이 더 잡혔어요."

　시계를 보니 지금 바로 오디션 장소로 이동해야 했다. 집에
가서 다시 낮은 신발을 신고 가기엔 시간이 너무 빠듯했다. 낮
은 한숨을 내쉬곤 그대로 뉴욕 거리를 걷기 시작했다. 모델 혜
박이 뉴욕 거리를 런웨이 삼아 힐을 신고 또각또각 소리를 내

며 당당하게 걷는 모습을 상상해선 안 된다. 그날 나는 바쁘게 움직이는 뉴욕 거리에서 발을 거의 질질 끌고 다녔다. 아무리 다양한 사람들이 존재하는 뉴욕이라지만 힐까지 신어 193센티미터가 넘은 나는 사람들의 시선을 끌기에 충분했다. 그렇게 불편한 힐을 신고 몇 개의 오디션을 다녔다. 정말이지 힐에 정이 뚝 떨어졌다. 힐은 나란 사람을 전혀 존중해주지 않았다.

내가 아무리 힐을 내켜하지 않아도 쇼를 할 때는 선택의 여지가 없다. 그 때문에 지금 생각해도 속상한 일이 있었다. 내가 뉴욕에서 첫 쇼를 한 2008년의 일이다. 당시 내가 신었던 힐은 20센티미터가 넘었다. 심지어 사이즈도 작아서 꽉 끼다 못해 내 발이 신발에 다 들어간 게 신기할 정도였다. 워킹은 당연히 힘들 것 같아서 다른 신발을 신으면 안 되느냐고 물었다. 하지만 디자이너는 단호했다. "꼭, 이 힐을 신어야만 해요."

나는 아직 워킹을 하지도 않았는데 발이 심하게 아프기 시작했다. 디자이너에게 다시 물었지만 돌아오는 대답은 마찬가지였다. 나는 뉴욕에서 하는 첫 쇼라 잔뜩 긴장한 상태였고, 잘해내고 싶은 마음이 컸다. 아픈 걸 참지 못하는 스스로를 다그치곤 '잠깐만 참자'고 달래며, 결국 디자이너에게 고개를 끄덕여 보였다. 마치 회사에서 상사의 불합리한 지시에 따르긴 싫지만 그래도 첫 프로젝트를 꼭 성공시키고 싶은 신입 사원의 마음 같았다고나 할까.

이윽고 내 순서가 되어 런웨이를 걸었다. 그날따라 유난히 런웨이가 길게 느껴졌다. 정말 집중해서 워킹을 다 마치고 무대 뒤로 돌아왔는데, 사람들이 다들 웬일이냐며 놀라서 난리가 났다. 힐끗 고개를 돌리니 내 발뒤꿈치에서 피가 말 그대로 철철 흐르고 있었다. 런웨이에 핏자국이 남지 않았을지 걱정이 될 정도였다.

당장 급한 대로 일회용 반창고를 붙여 지혈했다. 내 신발로 갈아 신었는데도 발 전체에 통증이 느껴졌다. 나는 신발을 구겨 신은 채 질질 끌고 집까지 걸어왔다. 집에 겨우 도착해선 구급약을 바르고 그대로 곯아떨어졌다.

그리고 아침에 일어나니 발뒤꿈치가 엄청나게 부어 있었다. 빨갛게 염증이 생긴 게 눈에 띄었다. 병원까지 걸어갈 상황이 아니었다. 그길로 바로 택시를 탔다. 의사는 내 발을 보더니 얼굴을 찌푸렸다. "대체 어쩌다 이랬어요? 감염이 심한 상태예요. 일주일 치 먹을 약을 처방해줄 테니, 무조건 신발은 편한 것만 신어야 합니다."

"네? 전 모델이고, 아직 쇼가 남았는데요?" 사실 의사의 말을 듣지 않았어도 지금 이 상태로는 절대 힐을 신을 수 없다는 걸 알고 있었다. 하지만 나의 뉴욕 첫 쇼를 이렇게 중단할 순 없었다. 병원을 나서자마자 에이전시에 연락했다. "약을 바르고 잤거든요. 아침에 괜찮을 줄 알았는데, 어제보다 훨씬 더 심하게 부어 있어서 병원에 갔다 왔어요. 의사가 염증이 심하다며 최소한 일주일은 약 먹고 편한 신발만 신어야 한대요. 어쩌죠?"

욕심 같아선 쇼를 끝까지 마무리하고 싶었다. 에이전시 입장도 그랬다. 뉴욕에서의 첫 쇼이니 무대에 계속 서길 바랐다. 하지만 우리의 바람과 달리 런웨이에선 힐을 신고 걸어야 한다는 걸 잘 알고 있었다. 그걸 알면서도 정말 포기하고 싶지 않아서 에이전시와 한참을 상의했다. 오랜 논의 끝에 결국 이후 일정을 다 취소하기로 했다.

전화를 끊고 나는 울기 시작했다. 아픈 발을 질질 끌고 집으로 돌아가며 울고 또 울었다. 힐 하나 때문에 뉴욕 전체 쇼를 못 하게 되었다는 게 억울했다. 그렇지만 포기해야 하는 상황이었다. 억지로 내게 사이즈가 작은 힐을 신긴 디자이너가 너무 원망스러웠다. 아무리 울어도 속이 풀리지 않았다.

그때 나는 아직 'NO'라고 할 수 없는 신인 모델이라는 내 입장이 서러웠다. 힐이 뭐라고 내 인생을 다 망쳐놓은 것 같았다. 예정대로라면 원래 런웨이를 걸었어야 하는 기간 내내 울었다. 세상에 되는 일이 하나도 없다고 느꼈다. 쇼를 제대로 마무리하지 못한 게 경력에 오점이 될까 두렵기도 했다. 계속 모델을 한다면 이번 같은 일이 생겼을 때처럼 백스테이지에서 벌어질 수 있는 일들을 내가 다 감당할 수 있을지도 걱정됐다. 언제 다시 뉴욕 쇼에 서게 될 수 있을지도 알 수 없는 상황에서 나는 울어도 울어도 계속 눈물이 났다. 꽤 오래전 일인데 지금도 그때를 떠올리면 정말 속상하다. 그깟 힐 때문에.

방송이나 인터넷을 보면, 몇백 켤레, 심지어 몇천 켤레의 신발로 신발장을 가득 채운 사람을 만날 수 있다. 언젠가 한번은 신발 마니아가 나온 방송을 본 적이 있는데, 그는 인터뷰에서 어떻게 이 정도로 많은 신발을 사게 되었느냐는 질문에 이렇게 답했다. "이쪽에 있는 건 다 한정판이에요. 정말 구하기 힘들었어요."

진행자가 다시 한 번 그러니까 어떻게 이 정도로 많이 사게 되었느냐고 묻자 마니아가 반문했다. "새 신발이 나왔는데, 그럼 어떻게 안 사요?"

그 마니아는 자신의 신발들을 사랑스러운 눈빛으로 바라보았다. 그러곤 아까워서 신지도 않는다며 다시 박스에 넣었다. 신발을 가졌다는 그 자체로 배가 부르다고 했다. 그가 차비와

식비까지 아껴가며 산 신발들은 그렇게 가끔 누군가가 부러워할 때까지 준비된 상태로 앞으로도 상자 속에 갇혀 있을 것이다.

내 주변에도 이런 사람이 있다. 한 친구는 다른 건 열심히 절약하며 사는데, 나이키 운동화의 시즌 신상품 소식이 들려오면 한걸음에 달려가 일단 사고 본다. 또 한정판이나 원하는 빈티지 제품이 나오면 웃돈을 주고라도 구입한다. 신발장에 놓여 있는 것만 봐도 뿌듯하단다. 어느 날은 내게 가장 최근에 산 신발을 자랑하다가 문득 한숨을 쉬며 이렇게 말했다. "사놓은 신발을 일 년에 한 켤레씩 신어도 죽기 전에 다 신을 수 없을까 봐 걱정돼. 사는 속도를 못 따라갈 거야. 근데 웃긴 건 뭔지 알아? 먼지 묻는 것도 싫을 정도라 아까워서 신을 수도 없다는 거야."

"안 신는데 뭐 하러 사?" 내가 묻자 그는 이렇게 답했다. "신기 아까울 정도로 좋아하니까!"

그러더니 일종의 투자라 다른 사람에게 팔면 샀을 때의 가격은 충분히 받는다고 덧붙였다. 하지만 팔 생각이 전혀 없다고 한다. 나는 친구가 조금 안타까웠다. 사실 팔 마음도 없으면서 투자로 보관한다는 건 자기 위로처럼 보였다. 밥값도 아껴가며 신지도 않는 신발에 집착하다니⋯. 신발을 사서 그냥 모셔두는 사람은 연예인처럼 보여지는 직업을 가진 사람들뿐만이 아니라 주위에도 생각보다 많다.

친구는 '좋은 신발은 나를 좋은 곳으로 데려간다'는 말을 믿고 싶은 걸까. 하지만 신지도 않는 신발은 나를 어디로도 데려가지 않는다.

그래도 의미가 있는
신발이라면

　내가 제일 좋아하는 신발을 꼽으라면, 컨버스의 하이 블랙 스니커즈다. 이 신발은 한번 사면 봄부터 겨울까지 사계절을 다 신을 수 있다. 겨울엔 살짝 올라오는 양말을 신으면 포인트가 되어 예쁘고, 여름엔 티셔츠와 짧은 반바지에 이 신발 하나만 신어도 매력 있다. 심지어 여성스러운 드레스나 치마를 입은 날에도 이 신발을 신으면 귀엽고 편안한 분위기를 연출해준다.

　다른 신발들은 아무래도 신다 보면 낡고 더러워져 잘 안 신게 되는데, 이 신발은 오래 신으면 신을수록 빈티지한 매력이 살아나는 마술 같은 아이템이다. 편한 티셔츠에 데님 반바지를 입은 날엔 화이트나 블랙이 섞인 스니커즈도 많이 신는다.

　화이트 셔츠에 블랙 스키니진을 주로 입다 보니 블랙 로퍼도 잘 신는다. 다만 여름에는 블랙 로퍼를 신으면 너무 덥고 무거워 보여 에스파듀를 주로 신는다. 흔히 에스파듀라고 하는 신발은 프랑스어로 'espadrille'가 그 기원이다. 원래는 해변가에서 주로 신던 신발로 삼베를 엮어 만든 바닥에 신등은 가볍게 천으로 덮어 끈을 발목에 감고 신는 캔버스화였다. 요즘엔 휴가나 여행을 갈 때 편하게 신는 신발로 인기가 있다. 그래서일까. 여름에 일상에서 휴가 기분을 내며 편하게 다니기엔 에스파듀만 한 게 없다.

이렇게 심플한 신발 몇 개를 주로 신지만, 그렇다고 유혹이 없는 건 아니다. 수많은 광고가 유행하는 신발을 사고 싶게 만든다. 특히 나는 스포츠 용품 전문 매장에 들어가면 원래 사려고 했던 것 말고도 눈에 들어오는 게 많아서 큰일이다. 디자인이 다양한 건 물론이고 특화된 기능성 제품이 즐비하다. 운동화 하나도 어떤 운동을 하느냐에 따라 적절한 운동화가 따로 있으니까.

그냥 구경이나 해야지 하는데 점원이 다가온다. 그리고 내가 눈을 떼지 못한 운동화가 얼마나 뛰어난지 얼마나 많이 팔리는지 설명한다. 끝으로 몇 켤레가 남지 않았다는 말을 덧붙인다. 뻔한 판매 전략인 줄 알면서도 마음이 흔들린다. 점원이 내 사이즈를 물어본 후 그 사이즈는 한 켤레밖에 안 남았고 말하면, 그 순간 보고 있던 운동화가 당장 꼭 필요한 것으로 바뀐다. 옆에서 다른 사람이 내가 보고 있는 신발을 보려고 기웃거리기라도 하면, 더 생각할 것도 없이 구매를 결정한다. 그렇게 내 손에 신발이 들려 있다.

이젠 합리화가 필요한 순간이다. 이 신발이 없으면 안 된다고 생각하면서 집으로 돌아오는 것이다. 사 왔으니 일단 새 운동화를 신고 운동을 해본다. 새 신발은 어쨌든 기분을 좋게 만드니까. 이왕 샀으니 열심히 신기로 결심한다. 하지만 며칠이 지나지 않아 나는 기존에 신던 편한 운동화를 찾게 된다. 새로 산 운동화가 꼭 필요한 것은 아니었다는 걸 인정해야 하는 순간이 온 것이다.

결국 새 운동화는 원래 신던 운동화가 낡아서 못 신게 되면 그때 신어야지, 라고 생각하며 상자에 넣어둔다. 하지만 물건을 오래 쓰는 내 성격상 그 운동화는 아주 오랜 시간 상자 속에서 기다려야 할 것이다. 자리만 차지하는 셈이다. 다행히 심플하게 살기로 결심한 후로 이런 일은 거의 없다.

그런데 아이러니하게도 내가 가장 소중하게 여기고 모셔두는 신발은 20센티미터의 힐이다. 앞에서 말했듯이 모델들이 쇼나 촬영 때 입는 옷들은 하루 빌려 입은 것들이다. 백스테이지로 돌아오면 옷과 신발을 반납한다. 그런데 2006년 버버리 쇼가 끝난 후 디자이너 크리스토퍼 베일리가 쇼에서 내가 신었던 신발을 내밀었다. "선물이야."

쇼가 끝난 후 디자이너가 내게 고마움의 표시로 힐을 선물한 것이다. 모델 생활을 시작하고 처음 있는 일이었다. 야호! 나는 왠지 드디어 디자이너에게 모델로 인정받은 느낌이 들었다. 그 힐을 받아 들자 뉴욕 첫 쇼에서 울었던 날들을 보상받은 것만 같았다.

나는 이 20센티미터의 버버리 힐이 너무 아까워서 신을 수가 없어서 집에 고이 모셔두었다. 받은 지 10년 가까이 된 지금도 그냥 보고만 있어도 좋다. 지금의 내 삶의 방식을 따르자면 신지 않는 신발이니 누굴 줘야겠지만, 이건 단순한 20센티미터 힐이 아니라 모델 혜박이 받은 '공로패' 같은 것이다. 마치 열심히 공부해 시험을 잘 봐서 받은 상장이라고나 할까. 크리스토퍼 베일리는 내가 이렇게 두고두고 행복해할 거란 걸 알았을까? 지금도 고마워요, 베일리!

친구들 중에 월급을 받으면 한 달간 고생한 자기 자신을 위해서 신발이나 가방 등을 선물한다는 경우가 있다. 이해할 수 있다. 너무 과하지 않은 범위 내에서라면. 인정받기 힘든 사회에서 자기 스스로라도 인정하고 응원하고 싶었을 것이다. 스스로 잘했다고 생각하는 것과 별개로 누군가에게 인정받고 싶고, 그 인정의 증거를 눈으로 보고 싶은 것이 인간의 마음이다. 나 역시 그렇다. 내게 버버리 힐이 그런 것이다.

사실 내 신발장에는 10년이 넘은, 끊어지기 직전의 루이비통 샌들도 하나 있다. 많이 낡고 해진 이 샌들도 사연이 있다. 내가 처음으로 돈을 벌어 산 신발인 것이다. 누군가는 "저건 안 신는 게 아니라 못 신을 것 같은데?"라고 말할 수도 있지만, 가끔 옛날 생각이 날 때 꺼내 신는다.

내가 꿈꾸던 모델이 되고, 모델이라는 직업으로 처음 돈을 벌어 이 신발을 샀을 때, 정말 행복했었다. 지금보다 훨씬 어릴 때였고, 내가 정말 모델이 된 건지 실감도 잘 나지 않았었다. 매장에 가서 내가 번 돈을 내고 이 샌들을 사서 신었을 때, 정말이지 꼭 구름 위를 걷는 것 같았다. 아마 루이비통이 아니라 어떤 브랜드의 신발이었든 내 발은 구름 위를 걷는 기분이었을 것이다.

지금도 이 낡은 샌들을 신으면 그때 그 기분이 떠오른다. 꿈꾸던 모델이 되었지만, 여전히 꿈처럼 느껴지던 그때의 설렘. 앞으로 펼쳐질 내 삶의 무대에 대한 희망으로 가득 찼던 그때 그 마음. 그 마음을 떠올리면 열정이 다시 솟아나는 걸 느

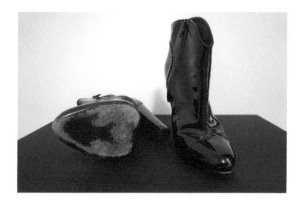

낀다. 내 인생의 아이템인 셈이다. 이제는 이 샌들을 신고 나갔다가 어느 한 부분이 끊어질 수도 있어 자주 신지는 않지만. 베일리가 선물한 힐처럼 나를, 내 자존감을 한껏 끌어올려준다. 앗, 그러고 보니 어머니가 선물해주신 내 첫 번째 힐도 고이 모셔두고 있다.

신발장을 정리하는 것이 부담스럽다면 이렇게 의미 있는 신발 한두 개 정도만 남겨둬보자. 그러면 생각보다 정리가 쉬워질 수 있다.

물건은 쉽게
싫증이 나기에

애니메이션 〈겨울왕국〉이 한창 유행할 무렵 많은 아이들은 엘사 드레스를 입고 다녔다. 그러나 한 해가 지나고 나서 엘사 옷을 입은 아이는 한 명도 보지 못했다. 하늘하늘한 레이스가 달린 엘사 옷은 꽤 비쌌는데, 아마도 이들 옷장 어딘가에 잘 개켜 있겠지 싶다. 아이들만 쉽게 싫증 내는 것은 아니다. 우리 어른들도 유행을 좇다 보면 집 안 어딘가에 유행이 지난 물건을 쌓아두게 된다.

초등학생 때 나는 돈만 생기면 문방구로 달려갔다. 거기엔 늘 새로운 필통이 있었다. 부모님이 아시면 야단치실 게 뻔했기 때문에, 용돈을 받으면 첩보영화 주인공처럼 집에서 몰래 살금살금 나왔다. 떨리는 가슴으로 문방구에 들어가서 필통만 봤다. 다른 공책이나 연필 같은 거에는 눈길도 주지 않았다. 지금은 왜 그랬는지 기억도 안 나지만. 그때의 내겐 필통이 세상 무엇보다 중요했다.

뚜껑을 열면 2층으로 나뉘어져 있는 필통, 지우개를 따로 넣을 수 있는 필통, 노란 연필깍지가 나란히 붙어 있는 필통까지 일단 필통은 구조가 다양했다. 여기에 디자인도 가지각색이었다. 인기 있는 만화 캐릭터가 그려져 있는 필통부터 뚜껑에 자석이 붙은 위치도 다 달랐고, 보석이 달린 필통도 있었다. 플라스틱 필통은 또 색깔이 어쩌나 다양했던지. 정말 그렇게 멋질 수가 없었다.

매일 문방구에 들러 구경하던 필통 중에 내가 제일 좋아했던 건 디즈니 공주가 그려진 베이비핑크색 필통이었다. 게다가 그 필통은 안쪽도 분홍색이었다. 가운데 부분을 누르면 뚜껑이 자동으로 열리는 필통은 어린 내가 흥분하기에 충분했다. 마치 트랜스포머 로봇을 만나기라도 한 것처럼. 자석이 딸각하며 붙는 소리는 또 어쩌나 명랑하던지! 과학 시간에 자석의 원리를 배웠지만, 필통에 달린 자석은 과학보다 신비에 가까웠다.

주머니에 돈이 잘 있는지 확인한 나는, 문방구에 서서 숙제를 검사하는 선생님처럼 필통을 천천히 들여다봤다. 필통에 달린 연필깎이의 칼날을 유심히 보며 연필이 얼마나 잘 깎일지 가늠해보기도 했다. 가운데 부분을 누르면 자동으로 잘 열리는지까지 꼼꼼히 확인한 후에야 주머니에서 돈을 꺼냈다. 그렇게 새 필통을 사 들고 집에 오는 날이면 너무 신이 나서 토끼처럼 깡충깡충 뛰었다.

필통을 사고 처음 며칠은 혹시 흠집이라도 날까 봐 걱정이 이만저만이 아니었다. 학교에 갈 때도 손으로 조심조심 집어 가방 제일 좋은 자리에 넣어 가지고 다녔다. 같은 반 친구들이 구경하는 게 싫지는 않았지만 '살살 만져야 된다'는 말도 빠트리지 않았다. 그런데 그렇게 좋았던 필통이 일주일이 지나면 싫증이 나기 시작했다.

그러면 나는 손가락을 하나씩 천천히 꼽아가며 며칠이나 더 있어야 용돈을 받는지 헤아려보았다. 그렇게 용돈 받는 날을 기다리며 새로 나온 필통이 없는지 보러 매일 문방구에 들렀다. 그러다 용돈을 받으면 곧장 문방구로 달려가 새로운 필통을 집어 들었다. 내 맘에 쏙 들기만 하면 그간 모았던 용돈을 탈탈 털어 몇만 원이나 하는 필통을 사기도 했다. 그런데 새 필통의 운명도 이전까지 애지중지하던 다른 필통과 같아졌다. 필통은 또 서랍 속으로 들어갔다. 그렇게 내 서랍 속은 문방구 진열대처럼 거의 새 것이나 다름없는 필통들이 쌓여

갔다. 그 필통들도 좋아했지만, 한번 서랍에 들어간 필통을 다시 꺼내 가지고 다니고 싶진 않았다.

어느 날 학교가 끝나 집에 돌아오니, 엄마가 내 서랍을 열어두고 계셨다. "이게 다 뭐야? 나중에 커서도 이럴 거야?"

엄마는 내 버릇을 고쳐야 한다며 눈앞에서 내가 그동안 고이 모아온 필통을 전부 쓰레기통에 버리셨다. 충격이었다. 엄마가 원망스러웠다. 필통이 너무 아까웠다. 나는 펑펑 울기 시작했다. "엄마가 필통 다 버려서 이제 공부에 집중 못 해!"

공부를 무기 삼아 반항했다. 화려하고 좋은 필통을 들고 다니면 공부도 더 잘되는 것 같았는데, 몰라주는 엄마가 야속했다. 물론 나중에 돌이켜보니 딱히 좋아하는 필통이 옆에 있다고 공부를 더 열심히 하는 것은 아니었다. 지금 생각하면 필통을 사 모으는 건 그때 내가 가졌던 욕심일 뿐이었다. 사실 필통이 정말 그렇게 소중했다면 산 지 며칠 만에 서랍 속에 넣어두고 새로운 필통을 찾아 나서지도 않았을 것이다. 내가 지난번에 산 필통을 언제 애지중지했었나 싶게 새 필통을 좋아했던 건, 이렇게 물건에 쉽게 싫증 냈던 이유는 아마도 유행이 지났기 때문이 아니었나 싶다.

아무리 울고 속상하다고 말해도 부모님은 내 용돈은 바로 줄이셨다. 어머니 아버지는 인성 교육에 대해선 무척 엄격하셨다. 나는 그저 더 이상 필통을 살 수 없다는 게 너무 마음 아팠다. 아쉬운 마음을 달래려 하굣길에 문방구에 들러 하염없이 필통을 바라봤다. 하지만 한 번만 더 필통을 샀다간 크게 혼날 게 분명했다. 꽤나 속상했었지만, 그래도 덕분에 초등학교 졸업 전에 쓰지도 않는 필통을 사 모으는 일을 멈출 수 있었다. 그런 경험들이 모여 지금의 심플한 삶을 사는 내가 있는 게 아닌가 싶다.

물건은 누군가에게 팔리기 위해 만들어졌다. 그것이 물건의 운명이다. 그런데 사실 우리 대부분은 필요한 물건을 이미 다 갖고 있다. 그래서 기업은 우리가 소유한 물건에 싫증 내거나 새로운 물건에 관심을 갖게 만들어야 한다. 새로운 물건이 팔리지 않으면, 매출을 올릴 수 없을 테니까.

요즘은 누구나 하나씩 가지고 있는 스마트폰만 해도 그렇다. 일 년도 되지 않아 새 모델이 나온다. 편의나 필요에 의해 새 스마트폰을 사는 게 아니라 '얼리어답터'가 되려고 바꾸는 사람도 많다. 그런 사람들을 부추기려 통신사에서는 스마트폰을 쉽게 바꿀 수 있는 요금 상품을 내놓기도 한다. 그렇게 스마트폰을 할부로 구입하고, 그게 끝나기도 전에 새로운 걸 사고 싶어 고장 나길 기다리는 사람도 있다.

요즘엔 스마트폰이 없으면 다른 사람과 소통하기 어려울 정도다. 스마트폰으로 할 수 있는 일이 엄청 늘어난 건 사실이다. 다른 전자 기기들을 한번에 대체할 정도로 발달했다. 하지만 전엔 스마트폰이 없어도 잘 지냈었다.

우리는 너무 빨리 변화하는 시대에 살고 있다. 시대에 맞추려 미리 싫증 날 준비를 하고 있는 건 아닐까. 스마트폰뿐만이 아니다. 다른 물건도 마찬가지다. 추가된 새로운 기능, 유행에 맞는 디자인, 이런 게 눈앞에 있으면 이미 내가 갖고 있는 물건이라도 사고 싶어진다. 신제품 광고는 사방에서 쏟아져 나오고, 우리에겐 무적의 신용카드도 있다. 시대에 뒤떨어지거나 경제적으로 능력이 없는, 무능한 사람이라는 느낌을 받고 싶진 않아 카드회사에 빚을 낸다. 그래 놓고 싫증이 나면 중고 시장에 팔아버리거나 서랍 어딘가에 처박아둔 채 다시 새 물건을 산다.

그리고 다음 달 통장을 보며 월급은 스쳐 지나갈 뿐이라고 한숨을 쉰다. 심지어 신용카드 대금을 내야 해서 직장을 못 그만둔다고 말하는 사람도 적지 않다. 이달만큼은 신용카드를 안 쓰리라 다짐하지만, 지난달에 쓴 신용카드 대금이 빠져나가 당장 현금이 없으면 다짐은 금세 무너진다. 악순환이다. 나 역시 이와 크게 다르지 않았다.

언젠가 전주에 갔다가 찢어지고 심하게 닳아 있는 플라스틱 바구니를 고쳐 쓰시는 아주머니들을 본 적이 있다. 그분들의 애정과 추억이 담긴 바구니는 원래 바구니와 재질이 아예 다른 것이 덧대어지기도 하고 이어 붙여진 부분이 더 많아서 원래 바구니 모양이 어땠는지 궁금할 정도였는데, 그런 손길이 묻어 퀼트 같은 느낌을 주기도 했다. 예술 작품 같았다.

이렇게 고쳐 쓰고 다시 쓰는 것도 좋고, 아예 처음부터 손을 탈수록 정이 드는 물건을 사면, 불필요한 소비를 줄일 수 있지 않을까? 환경도 보호하고, 집도 더 넓게 쓸 수 있음은 물론이다. 한 가지 물건을 오래 쓰며 느껴지는 뿌듯한 마음은 싫증 날 때까지만 가졌던 새 물건에 대한 흥미보다 더 진하고 오래 갈 것이다.

그래도 물건 정리가
어렵다면

만약 집에 불이 난다면? 생각하기도 싫지만, 화재 소식도 들리고 지진이 일어났단 소식도 심심치 않게 들린다. 태풍이나 테러도 더 이상 희귀한 일이 아니다. 이런저런 이유로 당장 집 밖으로 나가야 하는 상황이 닥친다면 나는 어떻게 할까? 단 1초도 망설이지 않고 순이와 복이를 양팔에 안고 나갈 것이다. 남편은 운동 신경이 매우 좋은 사람이라서 본인이 알아서 나갈 수 있겠지만, 강아지들은 혹여 혼잡한 상황에서 잘 빠져나오지 못할 수도 있으니까. 남편을 덜 사랑해서가 아니라 믿는 것이다.

내 경우에는 그렇게 아끼는 엄마가 선물해주신 힐도, 꽃무늬 디올 가방도 다 포기하고 나올 수 있다. 죽고 사는 문제 앞에서 지갑을 찾느라 우왕좌왕하지도 않겠지. 물론 이런 급박

한 상황은 없어야겠지만, 이런 상상만 해봐도 물건은 내 삶에 있어 정말 작은 부분이다. 그런 위험한 상황이 아니더라도 공간이 비어 있을수록 채울 수 있는 삶이 넓어진다. 아무리 좋은 것도 한곳에 모여 있으면 답답하다. 사는 공간도 마찬가지다. 우리에겐 여유를 줄 빈 공간이 필요하다.

한정된 공간에서 빈 공간을 만드는 방법은 두 가지다. 집을 넓히거나 지금 있는 것을 정리하거나. 그런데 버리는 것보다 채우는 걸 좋아한다면 아무리 넓은 집으로 이사 가도 집은 금세 좁아진다. 그래서 버리는 걸 잘하는 게 우선이다. 집 안 곳곳에 있는 물건 중 없어도 사는 데 아무 지장 없는 물건이 생각보다 많다. TV가 없어도 사는 데는 큰 지장이 없다. 그렇다면 TV를 버려야 할까? 그 정도로 가혹하게 정리하라는 건 아니다. TV가 주는 즐거움을 생각하면 버리기 쉽지 않다. 쓰지 않는 잡동사니나 언젠가는 쓸 것 같아 남겨둔 물건만 버려도 충분하다.

그런데 이런 물건들을 버리려고 꺼내놓아도 막상 쓰레기봉투 속에 넣어 버리기란 쉽지 않다. 괜히 아깝게 느껴진다. 조만간 꼭 필요해질 것 같다. 오늘부터 다시 잘 쓰리라 괜한 다짐도 해본다. 그런 생각이 들 땐 방법이 있다. 그냥 과감히 손에 든 걸 쓰레기봉투에 넣고 본다. 그렇게 며칠간 둬보자. 시간이 좀 지나면 내가 뭘 쓰레기봉투에 넣었는지 기억도 안 날 것이다.

　내가 물건을 사고 버릴 때 기준은 다음과 같다. 첫 번째, 물건을 구입할 때부터 효율성을 잘 따져보고 사는 것이다. 나는 옷을 살 때 처음부터 싼 걸 산다. 열심히 입다 보면 어느 날 구멍이 뚫려 있다. 그럼 그 티셔츠는 버리고 똑같은 티셔츠를 새로 사 입는다. 비싼 걸 사서 오래 입는 게 좋다는 사람도 있지만 옷은 비싸든 싸든 소모품이다. 흰 티셔츠를 좋아하다 보니 오래 입으면 변색이 되고, 아무리 조심히 입어도 쉽게 더러워진다. 그래서 싼 티셔츠를 사서 열심히 입는다. 집에서 막 빨고, 편하게 입으면 본전을 뽑을 수 있다.

　비싼 옷은 변색이 되거나 유행이 지나도 쉽게 버릴 수가 없다. 아무리 입어도 원래 가격을 넘어설 만큼 입지 못했다는 생각이 들어서다. 더 이상 입을 수 없게 되어도 버리기 아까워서 옷장에 보관해둔다. 괜한 자리만 차지하는 셈이다. 그러니 옷을 사기 전에 이 가격에 사서 정말 후회 없이 입을 수 있는지 스스로에게 물어보자. 옷 외에 다른 소모품도 평균 사용기간을 고려해 그때까지 얼마나 쓸 수 있는지 생각해보는 게 좋다. 이렇게 효율성을 먼저 고려해야 버리기가 수월해진다. 쉽게 말해 본전을 뽑으면 버려도 아깝지 않다.

신발의 경우 더 이상 신기 어려울 정도로 너덜너덜해졌는데, 같은 종류의 신발이 있거나 신발을 새로 샀다면 낡은 신발은 버린다. 신발장을 정리하면서 낡았지만 편해서 몇 번 더 신을까 싶어 남겨둔 신발이 있었다. 하지만 결국 한 번 정도 더 신었다. 새 신발도 자꾸 신어줘야 편해진다. 버려도 후회 없을 만큼 충분히 신었다면 버리자.

두 번째, 버릴 물건과 버리지 않을 물건을 잘 구분하는 것이다. 한번은 좋아하는 스키니진에 구멍이 뚫렸는데, 점점 커졌다. 빈티지로 입기에도 민망할 정도였다. 하지만 내 몸에 딱 맞아서 버리기 싫었다. 그래서 바지를 과감히 무릎 위까지 잘랐다. 새 반바지를 산 것처럼 만족스러웠다. 낡은 바지는 이런 식으로 간단히 리폼해서 입는다. '잘 버린다'는 건 버리지 않을 물건을 잘 재활용한다는 뜻이기도 하다. 하지만 물건을 수선하거나 수리한 뒤에 다시 쓰지 않을 거라면, 버리는 게 낫다.

세 번째, 물건을 주위 사람과 나눈다. 아직 충분히 쓸 수 있는 물건을 버리는 건 지구촌의 누군가에게 미안한 일이다. 내게는 필요 없지만 주변에 필요할 것 같은 사람이 있다면 선물한다. 단 스스로에게 먼저 '이 물건을 내가 누군가에게 받았을 때도 좋을까?'라고 물어본다. 그 답이 'YES'라면 이젠 다른 사람에게 물어볼 차례다. "이런 가방이 집에 있는데 나는 안 들 거든. 너한테 잘 어울릴 것 같아서 주고 싶은데, 어때?" 상대가 좋다고 하면 다시 물어본다. "진짜 옷장에 넣어두지 않고 들고 다닐 거지?"

친구가 시원스레 그러겠다고 답하면 기쁘게 선물하면 된다. 확신이 없어 하면 다른 친구에게 물으면 된다. 앞에서 얘기한 멕시칸 아주머니의 딸처럼 내가 준 물건을 친구가 받아서 좋아한다면 나도 기쁜 일이다. 나는 버리기 아까운 물건을 나눠서 좋고, 친구는 필요한 걸 갖게 되어 좋고. 하지만 막상 받아서 들고 다니지 않는다면 괜히 친구의 짐만 늘린 셈이라 내가 미안해진다. 그 물건이 정말 필요한 다른 누군가가 있었을지도 모른다. 그래서 나는 쓰던 물건을 나눌 때 정말 필요한지 몇 번을 물어본다.

한번은 뉴욕 에이전트에게서 티파니 와인 잔, 샴페인 잔, 치즈 플레이트 세트를 결혼 선물로 받았다. 결혼 초엔 와인을 좋아하지도 않았고 마실 줄도 몰라서 받은 그대로 찬장에 넣어두고만 있었다. 그런데 세트가 너무 커서 찬장에 평소에 쓰는 그릇을 둘 자리가 부족했다. 필요한 지인에게 줄까 하는 생각도 했지만, 결혼 선물이란 점이 발목을 잡았다. 의미가 있는 물건인 것이다. 꽤 오랜 시간 찬장을 열 때마다 저걸 어쩌나 싶었다. 그러다 어느 날부터인가 내가 샴페인이나 와인을 마실 줄 알게 되고, 점점 좋아하게 되었다. 요즘엔 남편과 분위기 있는 시간을 보낼 때 유용하게 쓰고 있다. 무엇보다 결혼 선물이라는 의미가 있어 사용할 때마다 기분이 좋다. 만약 평소에 하듯이 누군가에게 줬더라면 돌려달라는 말도 못하고 속앓이를 했을지도 모른다.

이런 식으로 물건을 정리하면서 지금까지 후회한 적은 없다. 물건을 살 때 신중하게 사고 웬만하면 지인들과 나누기 때문에 물건을 버리는 일은 잘 없다. 내게 '버린다'는 것은 그 추억까지 함께 버리는 것이다. 예외가 있다면 나쁜 기억이 있는 물건이다. 나쁜 기억을 담은 물건은 쓸모가 있어도 버린다.

한번은 어떤 사람을 새로 알게 되었다. 우리는 금세 가까워졌고, 나는 그가 정말 좋은 사람이라 믿고 잘 따랐다. 얼마 후 그가 나에게 선물을 줬고 고마운 마음에 잘 간직했다. 그런데 시간이 지날수록 그가 나에게 상처주는 일이 빈번해졌고, 나를 이용하고 있다는 생각이 들었다. 내가 알던 그 사람이 아니라는 느낌도 들었다. '설마, 아닐 거야'라고 계속 그 생각을 부정하고 그를 믿으려 했지만, 그 사람은 끝내 나를 이용하기만

했다. 배신감이 컸다. 이후 그가 선물한 물건을 볼 때마다 마음이 좋지 않았다. 정말 값나가는 좋은 물건이었지만 나는 그 물건을 과감히 쓰레기통에 버렸다. 더 이상 그 물건을 보고 싶지 않았다. 그리고 후회하지 않았다. 물건에 담긴 나쁜 기억까지도 껴안고 살고 싶지 않았다. 그렇게 나쁜 기억이 담긴 물건은 아무리 좋은 것이라도 다른 사람에게 주거나 기부하지 않는다. 왠지 나쁜 기운이 다른 사람에게 옮겨갈까 봐 걱정되기 때문이다. 물건은 무생물이지만 좋은 마음을 담을 수 있는 것처럼 나쁜 마음도 담을 수 있을 테니까.

나는 정말 물건을 버릴 때마다 아주 진하게 그때를 추억했다. 오디션 날 입고 나갔던 옷을 버릴 때면 그때 만났던 사람들과 그날의 분위기, 내가 했던 답변과 워킹, 이런 것들이 손에 잡힐 것 같았다. 옷장 앞에 앉아서, 찬장이나 장식장 옆에 서서, 어떤 때는 식탁에 앉아서, 어떤 때는 현관에 서서, 그때의 추억을 한 장의 사진처럼 머릿속에 옮겼다. 말하자면 나는 추억을 버린 게 아니라 다른 형태로 변환시켰다. 어쩌면 나는 물건을 버리느라 추억과 헤어지는 게 힘들어서 빈 공간을 새로 채우지 않는지도 모르겠다. 채우지 않으면 버릴 일도 없으니까. 추억도 중요하지만 내 삶이 많은 물건 때문에 여유가 없는 건 더 싫다.

각자 물건을 정리하고 버리는 스타일이 있겠지만 확실한 건, 잘 버리면 남은 물건을 더 잘 쓸 수 있게 된다는 것이다. 그 물건이 내 인생에서 사라지고도 여전히 행복하고 즐겁다면, 그건 아주 잘 버린 것이다. 그 물건 없이도 잘살 수 있다면, 없는 게 낫다. 사실 살면서 필요한 것은 그다지 많지 않다. 요즘 나에게 진짜 필요한 건 겉보단 속을 채우는 것이다.

헨리 데이비드 소로는 《월든》에서 '내 계획은 가난하게 사는 것이 아니었다. 그저 생계유지에 너무 많은 시간을 허비하고 살기 싫었을 뿐이다'라고 했다. 그러면서 자신을 사과가 익는 냄새를 맡을 수 있어 가난하지 않은 사람이라고 했다. 소로 같은 삶을 사는 건 어렵겠지만, 계절이 지나가는 소리를 듣기 위해선 삶에 여유가 있어야 하고, 그러려면 사는 공간이 먼저 비워져야 한다는 걸 늘 새롭게 깨닫는다.

나를 행복하게
만드는 것은 무엇일까

명품과 신상품이 나를 행복하게 만들어줄 거라고 믿었던 때가 있었다. 그때는 진심으로 간절했다. 모델이 된다는 꿈을 이루고 나면 행복할 거라 생각했지만 몸과 마음이 점점 지쳐갔다. 그때 나를 당장 위로해준 건, 가방이었다. 그때는 몇 년씩이나 가방으로 행복을 추구하면서 왜 더 행복해지지 않는지 의아해했다. 그러곤 더 좋은 더 비싼 가방을 사면 행복해질까 싶어 다시 매장으로 달려가곤 했다.

물건에 대한 집착은 정신적 공허의 증명일지도 모른다. 속이 허할 때 음식으로 배를 채우는 것처럼. 그러나 이제는 내 안의 구멍을 좋아하는 물건으로 채울 것이 아니라 좋은 생활로 채워야 함을 안다. 규칙적인 시간에 일어나 먹고 자는 습관, 하나를 먹어도 단순한 포만감보다는 몸에 개운함과 건강함을 주는 음식, 계절의 공기와 햇볕을 느끼며 하는 운동 그리고 무엇과도 자신을 비교하지 않는 마음가짐 같은 것들 말이다. 이는 좋은 것을 보면 마음이 좋아지는 것과 같은 이치다. 좋은 습관이 좋은 생활을 만들고 좋은 마음이 되어 주변도 좋은 환경으로 바뀌는 것이 아닐까.

예전의 나를 후회하진 않는다. 그랬던 내가 있기에, 그러지 않는 내가 지금 여기 있다. 지금의 내가 과거의 나를 안타까워할 순 있지만, 미워할 필요는 없다. 미워하느라 과거에 매어 있는 것처럼 스트레스를 자처하는 것도 없다.

그때는 모델 친구들이 대부분이었는데, 나 말고도 흔히들 가방, 옷, 신발 같은 것을 사는 데서 행복을 찾았다. 하지만 모델의 숙명 같은 육체적 고됨에 조금씩 지쳐갈 때쯤, 내 생활이 건강할 때 느껴지는 에너지가 다르다는 것을 깨달았다. 그리고 내가 무엇으로 행복해지는지 찾기 시작했다. 힘들어하는 친구에게 어설픈 위로를 건네지 않고, 머리가 복잡할 때는 땀을 흘리는 게 좋다며 같이 운동을 가자고 했던 것도 그런 경험이 있었기에 가능했다.

나는 무엇을 할 때 제일 행복할까. 먼저 나는 먹는 걸 정말 좋아한다. 뭔가 상황이 안 좋을 땐 만사가 귀찮은데, 먹는 건 나를 기분 좋게 만들어준다. 그래서 내가 찾은 행복해지기 위한 첫 번째 방법은 바로 '요리'다. 요리는 하는 동안에도 기분이 좋고, 하고 나서도 기분이 좋다. 특히 먹고 나서도 후회하거나 걱정하지 않아도 되는 스무디야말로 진짜 기분이 바닥을 칠 때 효과가 있다(물론 누군가는 그게 요리냐고 말할 수도 있다). 스트레스를 엄청 받았을 때, 나는 복잡한 요리 대신 믹서기를 꺼낸다. 이름하여 '혜박의 기분 좋아지는 스무디'를 만들기.

먼저 믹서에 코코넛 워터를 넣은 다음, 블루베리, 딸기, 사과를 양껏 넣고 간다. 여기서 '양껏'이 중요하다. 레시피를 보고 개량하는 건 또 다른 스트레스다. 그러니 정말 좋아하는 만큼 넣자. 코코넛 워터는 호불호가 있지만, 과일을 넣으면 코코넛 향이 가려져 걱정하지 않아도 된다. 믹서에 곱게 갈린 스무디를 컵에 따른 후에 치아시드를 조금 넣어주면, 끝. 치아시드는 물에 넣으면 올챙이 알처럼 부풀어 오르는데, 모양은 좀 그렇지만 버블티의 타피오카펄이라고 생각하면 비슷하다. 포만감도 생기고, 몰랑몰랑한 게 기분 좋아지는 데 도움을 준다.

무엇보다 이 스무디는 색깔이 정말 예쁘다. 맛은 상상하는 바로 그 맛이다. 다채로운 과일이 모였으니 당연히 피부에도 건강에도 좋다. 기분도 좋아진다. 새콤달콤한 과일을 마시는

내내 모든 게 잘될 것만 같은 기분이랄까. 나는 육아에 지친 친구에게도 기분이 좋아지는 주스라며 만들어주기도 했다. 역시나 효과 만점이었다!

나는 평소 건강식이나 슈퍼 푸드에 관심이 많아서 코코넛 워터나 오일, 치아시드 먹는 걸 SNS로 자주 공유하는 편인데, 많은 분이 내가 먹는 건강식을 따라 한다는 소식을 전해주셨다. 야호! 정말 기분 좋은 피드백이다. 심지어 인스타그램에서 내가 만든 건강 스무디가 '혜박 스무디'란 태그를 달고 올라오는 걸 볼 땐, 내가 다른 사람에게 좋은 영향을 미칠 수 있는 사람이란 생각에 정말 기분 좋아진다. 이 지면을 빌어 말할게요. 고맙습니다!

나를 행복하게 만드는 두 번째는 '운동'이다. 인스타그램에도 운동하는 사진을 종종 올리기 때문에 아는 사람들은 알겠지만, 나는 운동을 정말 좋아한다. 몸매가 더 나아지는 모습을 보는 것도 좋지만, 건강이 좋아지는 걸 느낄 때 기분이 그렇게 좋을 수가 없다. 아플 때 일부러 조금씩이라도 운동을 하면 더 빨리 나아지는 걸 체감한다. 눈에 보이지 않는 몸 안에 묵은 것들이 땀을 통해 나오고 그러면서 몸이 깨끗해지고 탄력이 생기고 가뿐해지는 느낌은, 운동을 해본 사람만이 알 수 있는 짜릿함일 테다.

날 행복하게 만드는 또 하나는 '여행'이다. 많은 사람이 여행을 좋아하지만 막상 시간 내기 힘들어한다. 나 역시 남편과 나 둘 다 일을 해서 장기 해외여행은 엄두를 잘 못 낸다. 계획을 세우다 지쳐버릴지도 모른다. 행복을 주는 건 가까이에 있어야 한다. 그래야 언제든 행복해질 수 있다. 내게 행복을 주는 여행은 집에서 멀지 않은 곳에 가는 걸로 충분하다.

내가 살고 있는 시애틀에는 캠핑장이 여기저기 많은데, 그중 제일 좋아하는 캠핑장은 차를 타고 한 시간 반 정도 걸린다. 20달러만 내면 텐트에서 하룻밤을 보낼 수 있다. 흐르는 강을 앞에 두고 일단 텐트를 친다. 집에서도 강이 보이지만, 텐트 앞에 흐르는 강은 또 색다르다. 불을 피우고, 고구마도 호일에 싸서 불 속에 넣어둔다. 저녁으로는 고기를 굽고, 라면도 끓인다. 점점 밤이 깊어가고 고구마가 익어서 솔솔 냄새를 풍기기 시작하면 내가 제일 좋아하는 시간이 다가오고 있다는 신호다.

달콤한 마시멜로를 꼬치에 꽂아 살짝 구워 먹으면서 어두워진 밤하늘을 올려다본다. 많은 별이 반짝인다. '반짝반짝 작은 별'이라는 노래가 어울리지 않을 정도로 쏟아질 것만 같은 별들이다. 별빛 아래 남편과 함께 앉아 피워둔 불을 바라보며 타닥타닥 나무 타는 소리를 듣는다. 아 정말, 이 순간만큼은

그 무엇과도 바꾸고 싶지 않다.

우리는 주로 아주 더운 여름에 캠핑을 가는데, 그때마다 여행이 나를 얼마나 행복하게 해주는지 다시 한 번 깨닫게 된다. 우리 부부는 서로 기대앉아 이런저런 이야기를 나눈다. 그렇게 앉아 일상적인 이야기를 하는 순간들이 참 소중하다. 나중에 나이 들면 꼭 캠핑카를 사기로 다짐도 한다. 남편과 나는 둘 다 캠핑을 좋아해서 캠핑카를 타고 미국 일주를 하는 게 꿈이다. 캠핑 가서 우리가 하는 얘기들은 늘 비슷한 얘기의 반복이지만, 전혀 지루하지 않다. 행복한 일을 하면서 더 행복할 일을 계획하니까.

그런 행복을 새삼 확인할 기회가 있었다. 한번은 남편과 키우는 강아지 두 마리 순이와 복이를 데리고 캠핑을 갔다. 순이와 복이를 데리고 차에 탈 때만 해도 나는 잔뜩 설렜다. 그런데 차를 타고 캠핑장까지 가는 내내 두 녀석이 어찌나 칭얼거리고 멀미를 하는지 걱정이 점점 커졌다. 차에 토하고, 급기야한 녀석은 똥까지 쌌다. 힘들어하는 순이와 복이를 보면서 다시 집에 가는 게 낫겠다 싶은 생각이 몇 번이나 들었다. '괜히 데리고 나왔어. 애들도 아프고, 차도 엉망이고.'

하지만 이만큼 왔으니 돌아가는 것도 고생일 듯해서 일단 캠핑장으로 가기로 했다. 그런데 캠핑장에 내리자 두 녀석 모

두 언제 그랬냐는 듯 넓은 캠핑장을 신나게 뛰어다녔다. 강에
선 개헤엄까지 치며 신나했다. 힘들어하는 녀석들을 보면서
몇 번이고 돌아갈까 고민했던 게 무색할 정도로 즐거웠다. 사
랑하는 남편과 자식 같은 강아지들과 보내는 시간만큼 내게
소중한 행복은 다른 어디에도 없다.

나는 이제 더 이상 쇼핑이 아닌 요리나 운동, 여행을 할 때
내가 행복하다는 걸 알고 있다. 나를 행복하게 만드는 일들은
가끔 하지 않는다. 매일 한다. 그것은 내 일상이다. 그래서 나
는 매일 행복한 사람이다.

이렇게 행복한 일들을 찾은 후엔 스트레스를 물건 사는 걸
로 풀지 않는 것은 물론이고, 필요 없는 물건을 미리 사서 집에
쌓아두지도 않는다. 한번 생각해보자. 몇 달 전 여행에서 봤던
예쁜 티스푼 세트를 당장 사지 않으면 다시는 만날 수 없을 것
같았지만, 지금은 그 모양도 정확히 기억이 안 난다. 다음번에
다른 여행지나 마트에서 더 예쁜 티스푼을 발견하고 그때 안
사길 잘했다고 생각할지도 모른다. 새롭고 예쁜 물건들은 끊
임없이 나온다. 다시 그 물건을 못 살까 봐 걱정하기보다 오히
려 이걸 샀는데 다음에 더 좋은 걸 발견할까 봐 걱정해야 할 지
경이다.

그런데도 쓸데없는 물건이 쌓인다. 왜일까? 어쩌면 불확실한 삶에서 확실하게 손에 쥘 수 있는 무언가를 갈망하기 때문은 아닐까. 혹은 어떤 물건을 살 수 있다는 자신의 능력을 인정받고 싶은 마음일 수도 있다. 우리가 살아가는 데 필요한 것은 더 많은 물건이 아니다. 물건 대신에 확실한 행복의 증거, 그게 누군가의 칭찬과 인정이라면 그 자체를 추구하면 어떨까? 이렇게 행복할 수 있는 방법을 찾을 수 있다면 계속 물건에 매달릴 필요가 없다.

다만 그 방법을 알려면 일단 이것저것 시도해봐야 한다. 어릴 때 꿈꿨던 것을 다시 해보는 것도 좋고, 지금 무언가 조금이라도 관심 있는 게 있다면 일단 한번 해보는 것이다. 그럼 느낌이 온다. 나를 행복하게 만들어주는지, 아니면 그것도 일이라고 느껴지는지.

더 많은 물건을 산다고 내 마음이 채워지지도 행복해지지도 않는다. 희한하게 마음이 즐거워지면 물건을 사는 건 관심 밖의 일이 된다. 지금 이 순간에 만족할 줄 알기 때문이다. 삶을 제대로 사는 법을 알게 되면, 물건으로 마음을 채우려 하는 일은 저절로 해결되지 않을까.

더 이상 물건을 사는 데 집착하지 않으려면, 먼저 필요한 물건 목록을 만들어보자. 사실 이 방법은 많은 사람이 알면서도 귀찮아서 안 하는 것이다. 하지만 나중에 필요 없는 것을 정리하는 게 더 귀찮은 일이다.

나는 필요한 물건이 있으면 포스트잇에 적어 냉장고에 붙여둔다. 그러면 냉장고를 오가면서 정말 그 물건이 필요한지, 다른 대체할 물건이 없는지 자연스레 자주 생각하게 된다. 하지만 나 역시 요즘엔 인터넷으로 집에서 물건을 쉽게 사고, 쉽게 받을 수 있다 보니 이렇게 생각해볼 시간도 줄어들었다. 컴퓨터 같은 비싼 전자제품부터 당장 먹을 반찬까지 무엇이든 마음만 먹으면 인터넷으로 금방 살 수 있다. 그래서 인터넷 쇼핑을 할 때는 장바구니에 담아두고 며칠 더 기다린다. 몇 번을 생각해도 필요한 물건은 사야 하지만, 계속 고민된다면 필요한 게 아니라 필요한 이유를 찾는 중일 수 있다.

쇼핑을 하면서 장바구니에 담기 전에, 점원에게 카드를 내밀기 전에, 정말 필요한 것인지 스스로에게 한번 물어보자. 생각보다 꼭 필요한 것들은 많지 않다. 지금 당장 이 책 여백에 자신에게 꼭 필요한 것을 써보자. 생각보다 별로 없다는 사실에 놀랄 수도 있다.

주방에서
삶이 만들어진다

나는 요리가 즐겁다. 요리를 하다 보면 그릇 욕심이 생긴다. 또 요즘엔 광고를 어쩌나 잘 만드는지 광고에 나오는 그릇 하나쯤은 있어야 할 것 같다. 또 블로그나 SNS에서 예쁜 그릇에 담긴 요리를 보면 저 접시만 있으면 요리하는 게 더 즐거워질 것만 같은 생각이 드는 것도 사실이다.

그릇이나 조리 도구에 대해 잘 모를 때, 주위 지인들이 결혼하면 어떤 브랜드의 식기는 꼭 사야 한다고 말해주었다. 하도 많이 들어서 그 브랜드의 냄비가 없으면 나는 매일 맛없는 음식만 먹을 것 같은 기분이 들 정도였다. 하지만 막상 결혼하고 사서 써보니 그 냄비는 너무 무거워서 들 때마다 손목이 후들거릴 정도였다. 불편하기 짝이 없었다.

이 녀석들에게 불만이 쌓일 만큼 쌓였을 때쯤, 다른 조리 도구 브랜드가 붐을 일으켰다. 이 제품들로 요리해서 먹으면 같은 재료도 다른 맛이 난다, 여기에 뭘 더하면 훨씬 더 맛있다는 말이 계속 들려왔다. 듣다 보니 정말 그럴 것만 같았다. 결국 결혼 초에 샀던 조리 도구들을 찬장에 넣어둔 채, 새 조리 도구 세트를 사고 말았다. 새 조리 도구들은 정말 예뻐서 보기에는 참 좋은데, 이 역시도 무겁고 설거지 방법마저 까다로웠다. 괜히 요리 시간만 늘어났다. 또 요리 후 많은 시간과 체력을 조리 도구 관리에 쓰다 지쳐버렸다. 결국 요리하는 것 자체가 귀찮아져서 주방에 있는 시간이 점점 줄어들었다.

도저히 이대로는 안 되겠다 싶어, 결국 그릇과 조리 도구를 정리하기 시작했다. 주방에 수납 공간도 거의 없었던 것이다. 그래도 나름 유명 브랜드라 지인들에게 나눠주기로 했다. 지인들에게 쓰던 거라 미안하지만, 또 정말 무겁고 쓰기 불편한데도 괜찮겠느냐 여러 번 물어가며 나눠주었다. 그럼에도 반갑게 가져가는 사람들이 많아 금방 정리할 수 있었다.

그렇게 해서 우리 집 주방 수납장에는 국 끓이는 냄비 두 개, 프라이팬 두 개, 볶음용 웍 하나가 전부다. 이렇게 다섯 개만 있으면 된다. 더 이상은 필요 없다.

혹시 그릇이나 조리 도구를 새로 사야 한다면, 가벼운 게 제일이다. 무거운 그릇들은 일상에서 계속 사용하기엔 확실히 불편하다. 이런 그릇들을 세트로 사놓고 가벼운 그릇들을 낱개로 사다 보면 결국 먼저 세트로 사둔 것들은 더 쓰지 않게 된다.

그리고 새 그릇이나 조리 도구를 살 때는 단색으로 사는 게 좋다. 다른 그릇들과 매칭하기 쉽기 때문이다. 화려한 무늬나 특이한 모양의 그릇은 막상 식탁 위에 놓으면 그릇만 부각되기 십상이다. 또 평범하고 단조로운 그릇이 관리하기도 쉽다.

냄비나 프라이팬은 쓰다 보면 그을음도 생기도 바닥도 잘 닳아서 비싼 것을 산다고 오래 쓰게 되지 않는다. 특히 프라이팬은 냄비보다 더 빨리 바꾸게 된다. 비싼 조리 도구를 사서 눈으로 보기만 하는 것보다는 요리할 때 편하게 쓸 수 있는 가볍고 가격도 적당한 것이 좋다.

나 역시 유명 브랜드의 주방 도구들이 가지런히 진열되어 있고 제법 근사한 인테리어로 꾸며진 주방에서 요리하는 내 모습을 상상한 적이 있다. 예쁜 앞치마를 두르고 능숙하게 칼질을 하고 팬을 들었다 놨다 하며 군침 도는 소리와 냄새가 가득한 주방에서 행복한 미소로 요리를 내놓는 장면. 그런데 이런 장면들은 좋은 주방 도구들이 만들어내는 것이 아니다. 우선 요리하는 내가 피곤하지 않고 즐거워야 한다. 만약 요리를 즐길 수 없다면, 주방에 있는 시간이 피곤하다면 주방 수납장에 있는 도구들을 한 번씩 왼손으로 들어보시길. 그중에 손목이 꺾일 정도로 무거운 것들은 미련 없이 작별해도 좋다. 애먼 주방 도구에 대한 집착으로 요리의 진정한 즐거움을 느끼지 못하고 있는 것일 수 있다.

우리 집에는 계량컵이나 계량스푼, 저울 같은 건 당연히 없다. 종종 새로 시도하는 요리의 레시피를 찾아보면 계량된 재료 양이 나오는데, 이 때문에 계량컵이나 계량스푼을 사는 사람들이 있다. 하지만 나는 이런 것들이 꼭 필요하다고 생각하지 않는다. 달게 먹고 싶으면 달게, 짜게 먹고 싶으면 짜게, 싱겁게 먹고 싶으면 싱겁게, 그냥 그날 기분에 따라 양껏 넣는다.

역시나 가장 좋은 계량은 '감'이다. 어머니들이 요리할 때 그램이니 밀리리터니 따지지 않고 손이나 눈대중으로 간을 해도 귀신같이 잘 맞추시지 않던가. 시행착오가 있긴 하겠지만 정확하게 계량하지 않고 요리를 해나가다 보면 내 입에 맞는 간을 딱 맞추는 날이 올 것이다.

내가 요리를 시작하게 된 이유는 내 건강을 지키기 위해서다. 사실 나는 어릴 때 모델 일을 시작해 여러 나라로 일을 하

러 다니다 보니 집밥에 대한 인식이 없었다. 내겐 밖에서 음식을 사 먹는 것이 당연했다. 테이크아웃 음식이며 인스턴트 음식도 익숙했다.

은은하게 속까지 채워주는 집밥은 어떤 요리든 '손맛'이 느껴져서 좋은 건데, 식당에선 간이 센 자극적인 음식이 잘 팔리니 손맛은 기대할 수도 없었다. 요즘 유행하는 '집밥 해주는 식당' 같은 걸 찾을 수 없었던 것은 물론이다. 그런 식사를 매일같이 하다 보니 건강이 나빠지는 건 어쩔 수 없었다. 운동을 꾸준히 해도 조미료가 많이 들어간 음식을 먹으니 몸에서 자꾸만 힘들다는 신호를 보내왔다. 내가 요리를 시작한 건 그때부터였다.

내가 처음으로 만든 요리는 정체불명의 맛이었다. 분명히 레시피대로 만들었는데, 뭔가 빠진 것 같은 느낌이 들었다. 맛이 없었다. 하지만 하나하나 손질해가며 재료의 신선도를 따지며 요리를 하다 보니 음식 맛도 확연히 좋아지게 됐다. 어떤 재료가 들어갔는지 직접 확인하면서 계속 요리를 해보니 실력이 차츰 늘었다.

그러면서 내 몸에 맞는 레시피를 만들어갈 수 있었다. 이렇게 만든 레시피가 가장 도움이 된 건 밀가루가 들어간 요리를 만들 때였다. 직접 요리를 하기 전에는 밀가루 음식이 내 체질에 맞지 않는다는 걸 몰랐다. 나는 피부가 예민한 편이라 종종 피부 트러블로 고생하기도 했는데, 요리를 직접 하다 보니 밀가루가 원인이었다는 것을 알게 됐고, 그 뒤부터 글루텐 프리 제품을 쓰기 시작했다. 국수, 스파게티, 빵 같은 것을 글루텐 프리로 바꾸고 나서 확실히 피부가 좋아지고 컨디션도 좋아졌다.

나는 또 음식을 만들 때 저염 간장과 소금으로 간을 한다. 원래 저염 간장이나 저염 소금은 식염 섭취량 제한이 필요한 환자를 위한 것이다. 저염 간장은 보통 간장의 2분의 1 정도의 염분을 갖고 있다. 덜 짜게 먹는 것만이 목적이라면 염도가 높은 간장을 조금만 넣어도 되겠지만, 간장 특유의 향은 살리고 싶은데 싱겁게 먹고 싶을 때는 저염 간장이 좋다. 또 요리가 서툴수록 저염 소금을 쓰게 되면 갑자기 음식이 짜지는 것을 방지할 수도 있다. 또 백설탕 대신 꿀이나 코코넛 슈거를 쓴다.

나는 기름도 코코넛 오일이나 아보카도 오일을 쓴다. 흔히 시중에 나오는 콩기름이나 카놀라유는 사실 GMO 식품이다. 캐나다에서 유채 씨앗의 독성을 없애 식용 기름으로 상용화했기 때문에 Canada oil을 줄여서 카놀라유라고 한다. 그런데 북미에서 경작하는 카놀라유 주성분인 유채의 90퍼센트가 GMO라고 한다. 카놀라유는 발화점이 높아 튀김에 흔히 쓰는데, 그 사실을 알고는 GMO 기름을 먹는 게 안심이 되지 않아 비싸더라도 코코넛 오일이나 아보카도 오일을 쓴다. 이들 기름은 잘 알려진 것처럼 건강에 좋은 기름이다.

주방에서 어떤 재료로 어떤 요리를 하느냐에 따라 생활이 달라진다. 어릴 적 어머니가 시골에서 보내 온 된장이나 고추장을 한 숟갈 푹 떠서 큼직한 파를 한 움큼 썰어 넣고 찌개를 끓이거나, 방금 시장에서 사 온 푸릇한 나물을 데쳐 고소한 참기름에 조물조물 무치고, 냉장고 깊숙이 넣어둔 김치를 한 포기 꺼내 툭툭 썰어 그릇에 담아 상을 차렸던 기억이 누구에게나 있을 것이다. 그때는 몰랐지만, 소박해 보여도 건강하고 풍

성하게 차려진 집밥이 생각보다 오래도록 삶에 큰 힘이 된다.

이렇게 나와 내 가족에게 맞는 레시피로 요리하는 과정이 바로 건강한 삶이 만들어지는 과정이 아닐까. 주방이야말로 우리 삶이 만들어지는 가장 중요한 공간이라고 생각한다.

침실에서는
진정한 휴식을

　나는 잠이 정말 많다. 평균 11시간 정도를 자는데, 수면 시간을 말하는 게 민망하게 느껴질 때가 많다. 인생의 절반을 잠으로 보내는 걸 아깝게 생각하라고 말하는 사람들도 있을 것이다. 특히 열심히 살라고 말하는 자기계발서의 기준으로 본다면 나는 아주 나태하고 게으른, 교정의 대상일 테다.

　그런데 꼭 잠을 줄이기 위해 노력해야 할까. 깨어 있는 시간이 많을수록 하는 일이 더 많아질 수 있겠지만, 할 수 있는 일이 많아지는지는 의문이다. 하는 것과 할 수 있는 것은 다르니까. 어떤 일은 어떻게든 꾸역꾸역 할 수는 있겠지만, 또 어떤 일은 의지를 갖고 하려면 생동감이 있어야 하지 않을까. 억지로 잠을 줄여 피곤한 채로 몇 시간 더 깨어 있는 건 별로 의미가 없는 건 아닐까. 나는 이런 방식은 결국 내 몸에 좋지 않다는 생각이 들었다.

늘 노력해야만 하고, 발전해야만 한다는 생각은 아마 산업화 이후 늘어난 사회적인 요구에 우리가 익숙해진 탓이 아닌가 싶다. 우리는 늘 휴식을 꿈꾸지만 잘 쉬질 못한다. 쉬고 싶어서 휴가를 생각해도 여러 수고가 따른다. 언제 휴가를 신청해야 상사의 눈치가 보이지 않을지, 또 어느 나라로 떠나면 좋을지, 저렴한 항공권은 언제 나오는지 촉각을 곤두세우고 있다. 이건 쉬는 게 아니라 쉬기 위해 또 다른 의미의 일을 하고 있는 것이다. 참으로 아이러니한 상황이다.

그렇게 우리는 쉬기 위해 또 북적거리는 어딘가로 떠난다. 이왕 온 김에 명소들을 봐야 한다며 몇 군데 돌다 보면 어느새 또 몸이 힘들다. 그러면서 이번 휴가는 의미 있었다고 생각한다. 휴가 기간 동안 아무 곳에도 가지 않고, 아무것도 하지 않으며 집에만 있던 사람은 자신의 게으름을 탓하며 '휴가를 날렸다'고 생각하기도 한다.

우리의 일상으로 돌아가보자. 일상은 우리를 아무것도 하지 않게 내버려두지 않는다. 점심이나 저녁 식사 때도 우리는 사람들과 관계를 맺는다. 이야기를 나누면서 스트레스를 풀기도 하지만, 반대로 스트레스를 받기도 한다. 관계를 유지하기 위해 무던히 노력하느라. 그러다 막상 혼자 있는 시간이 되면 자연스레 스마트폰을 켠다. 게임을 하거나 SNS를 하며 다른 사람들이 어떻게 지내는지 본다. 속해 있는 그룹 채팅방에서는 메시지가 하루에도 수십 개는 기본이고, 어떤 날엔 수백 개까지 쌓인다. 그 피로감에 알림을 꺼놨다가도 궁금해서 열어보게 되고, 반응을 하지 않으면 소외될까 봐 밀린 답장을 하기도 한다.

인터넷 포털사이트라도 열었다간 더 쉴 수가 없다. 인터넷 기사 제목들은 나도 모르게 클릭하게 만드는 재주가 있다. 손가락이 쉴 새 없이 움직인다. 내가 이렇게나 다른 사람의 삶이나 세상 이야기에 관심이 있었는지 스스로가 놀라울 정도다. 쏟아져 나오는 이야기에 정신이 빠져 헤어나오지 못한다. 요즘 같은 세상에서 '아무것도 하지 않기'란 사실상 불가능할지도 모른다. 그런 의미에서 휴식의 의미를 다시 생각할 필요가 있다.

나는 인간이 아무것도 하지 않고 쉴 때는 잠을 잘 때라고 생각한다. 눈을 감은 수면 상태가 가장 정확한 의미의 아무것도 하지 않는 순간일 것이다. 그래서 침실만큼은 내가 아무것도 하지 않는, 최적의 휴식 공간으로 꾸미기 위해 노력했다. 먼저 과감히 TV를 치웠다. 처음엔 TV가 없는 조용한 침실이 낯설고 시간마저도 흐르지 않는 것 같았다. 내 손은 어느새 자연스럽게 스마트폰을 켜고 새로 올라온 기사를 계속 찾아서 보고 있었다. 스마트폰이 손에 있으니 갑자기 SNS로 친구들의 안부가 묻고 싶어지기도 했다. 그러다 보니 잠이 잘 안 오는 것은 물론 눈을 감아도 방금 봤던 텍스트나 이미지가 잔상으로 남았다. 심지어 꿈속에서 이야기가 계속되기도 했다.

기껏 TV를 치웠는데 스마트폰을 붙들고 있다니. 특단의 조치가 필요했다. 단순히 자기 전에 스마트폰을 멀리 하는 게 아니라 푹 잠들 수 있는 방법이 뭐가 있을까. 곰곰이 생각하다가 나만의 규칙을 만들기로 했다. 먼저 잠자리에 들 때 내 몸에 곧 잘 시간이라는 신호를 보내기로 했다. 스마트폰을 내려놓고 수면에 좋은 음악을 튼 다음 30분 후에 꺼지게 타이머를 설정했다. 편안한 멜로디가 부드럽게 전개되는 음악을 듣다 보니 잠은 쉽게 왔다. 이제는 그런 음악이 나오면 몸이 자연스레 잘 준비를 하는 게 느껴진다. 개인적인 느낌이겠지만, 이렇게 하기 시작한 후로 아침에 일어나면 개운하다. 잘 잤다는 느낌도 든다.

또 내가 잠자리에서 중요하게 생각하는 한 가지는 바로 잠옷과 침구의 감촉이다. 나는 잠옷과 침구 소재에 특히 많이 신

경을 쓰는 편이다. 특히 새틴과 실크 소재를 좋아한다. 새틴 잠옷은 순면 잠옷보다 매끄러워 몸에 편안함을 주고, 실크 소재 침구는 마찰력이 적고 피부에 닿는 감촉이 부드러워 침구의 폭신함을 더 크게 느낄 수 있도록 해준다.

영화나 드라마를 보면 여자 주인공들이 매끄러운 침대 위에서 잠에서 깨 매끄러운 나이트 가운을 입는 장면들이 많이 나오는데, 과장된 설정이 아니라 실제로 그런 소재들이 피부 주름을 최소화한다. 순면 소재는 아기들에게도 많이 써서, 무조건 순면이 모든 피부에 정답이라고 생각할 수도 있지만, 사실 매끄러운 실크 소재가 마찰이 적어 피부에 무리가 가지 않는다.

물론 사람마다 수면 습관은 다를 것이다. 모든 사람이 나처럼 11시간씩 자야 하는 것도 아니고, 침실에 침대 외에 아무것도 두지 않을 필요도 없다. 또 꼭 조용한 음악을 들어야 하는 것도 아니다. 다만 하루 중 정말 내 몸이 쉴 수 있는 '잠'이 얼마나 중요한지 그리고 숙면을 취하는 데 어떤 것들이 도움이 되는지, 나의 경우를 예로 들어 여러분의 하루를 한 번쯤 생각해봤으면 좋겠다.

나는 아침에 일어나면 남편에게, 그리고 함께 사는 강아지들에게도 꼭 이렇게 인사한다. "잘 잤어?"라고. 평범한 인사지만, 평범하기 때문에 중요하다. 지금 이 글을 읽고 있는 당신도 내일 아침 스스로에게 인사하면서 생각해보시길. "편안하게 정말 잘 잤어?"

거실에
대화와 온기가 있으려면

　침실에서 뺀 TV를 거실로 옮겼다. 침실에서만 보지 않기로 했을 뿐이다. 남편과 나는 TV 보는 걸 무척 좋아한다. 사실 TV를 너무 좋아해서 침실에서만큼은 보지 말자고 한 것도 있다. TV가 바보상자니 뭐니 해도, 각자 스마트폰으로 게임을 하거나 기사를 보는 것보다는 함께 TV 앞에 앉아 드라마나 영화, 뉴스를 보며 이런저런 이야기를 나누는 게 더 좋다고 생각한다. 남편과 나는 때로 스포츠 경기를 보며 같이 응원도 한다.

　TV를 좋아하는 사람에게 가장 중요한 물건은 소파다. 앉아서도 누워서도 TV를 편안하게 볼 수 있게 해주는 유용한 물건이다. 지금 살고 있는 집을 처음 장만했을 때 고르고 또 골라 마음에 쏙 드는 소파 하나를 장만했다. 세련된 디자인의

1인용이라 미니멀한 멋도 느껴지는 소파였다. 그런데 웬걸. 막상 집에 가져와 앉으니 허리와 엉덩이가 아프고 불편하기만 한 것이 아닌가. 결국 제대로 앉지 못하고, 정이 들기도 전에 중고 시장에 싼 값으로 내놓았다. 이 소파를 소개하기를, '인테리어 전용이니 눈으로만 보세요'라고 했을 정도다.

그 뒤에 산 소파는 무조건 편안하고 실용적이어야 한다는 생각으로 골랐다. 이렇게 선택한 소파는 기대를 저버리지 않았다. 한동안 앉아 있다 보면 소파와 내가 혼연일체가 되어 남편에게 손을 뻗어 일으켜 달라고 할 정도였다. 이렇게 얘기하면 우리 집 거실이 무척 푸근하고 안락한 분위기라 생각될지 모르겠다. 하지만 거실에는 그 외 오직 스탠드와 나무 테이블뿐. 더 이상의 것이 없다.

사실 스탠드와 테이블도 처음부터 거실에 두려고 한 건 아니다. 집 안이 대부분 화이트톤이라 소파와 TV만 있는 모양이 어쩐지 조금 썰렁한 느낌이 들어 한참을 고민한 끝에 두었을 뿐이다. 처음엔 특이한 디자인의 책장이나 근사한 화분을 떠올렸다가 금세 머릿속에서 지워버렸다. 많은 고민을 하다가 어느 순간 빛이 떠올랐다. 없지만 꽉 차 있는 것. 바로 빛이었다.

빛은 신비롭다. 나는 따스한 붉은 톤의 빛을 좋아하는데, 붉

은 빛을 보면 추운 공기도 따뜻해지는 느낌이 든다. 혼자 있어도 다정한 사람의 온기가 느껴지는 것이 마법 같기도 하다. 그래서 거실에 붉은 빛이 도는 스탠드를 두었다. 가끔 크리스마스나 할로윈데이 같이 특별한 날이 되면 이벤트 전구를 달아놓기도 하는데, 공간 분위기를 확실하게 바꾸는 건 조명만 한 게 없다.

나무 테이블도 오랜 고민 끝에 골랐다. 눈으로 보기에 좋은 것을 고르자면 쉬웠겠지만, 나는 테이블 위에 물건을 내려놓을 때 소리가 거슬리지 않는 걸 최우선 조건으로 삼았다. 당연히 유리 소재는 제일 먼저 배제했다. 또 나무 테이블 중에서도 합판을 여러 겹 덧대 딱딱한 느낌을 주는 것도 재껴두었다. 합판을 여러 겹 덧댄 테이블은 생각보다 마찰음이 불쾌하게 느껴졌다. 컵이 유리 테이블에 닿는 딱 하는 소리와 나무 테이블에 닿는 터억 하는 소리 그리고 나무 테이블 중에서도 어떤 것에 컵이 닿는 소리가 내게 편안하게 느껴지는지, 그런 것이 중요했다.

TV와 소파 그리고 스탠드와 나무 테이블, 고작 이 네 가지만 거실에 두게 된 데에는 나름의 이유가 있다. 거실은 내가 남편과 두 강아지 순이 복이와 가장 많이 가장 즐겁게 머무는 공간이다. 가족들과 함께 공유하는 공간이다. 우리 가족의 수많은 웃음과 온갖 감정들과 추억이 있는 공간이기에 너무 과한 것도 너무 부족한 것도 싫었다. 오늘 밖에서 있었던 수고와 피로를 내려놓으며 서로에게 기대고 의지하는 공간, 혼자가 아니라는 위로를 받을 수 있는 공간. 화려한 장식품이 가지런하게 놓여 빛나는 거실보다 가족의 화목한 대화와 온기로 빛나는 거실. 그것이 내가 생각하는 거실이라는 공간의 존재 이유이기 때문이다.

냉장고 비우기에서
건강이 시작된다

냉장고 세 개로 결혼 생활을 시작했다. 모델이 사는 집에 냉장고가 세 개나 있다니, 이게 무슨 소리인가 할 일이다.

결혼 선배들의 조언 때문이었다. 뭐든지 냉동 보관하면 몇 년씩 먹을 수 있다고 하고, 김치는 미국에서 맛있는 걸 사 먹기가 쉽지 않아 오래 보관해야 한다는 조언. 김치는 김치 숙성에 맞는 온도와 조건이 있고, 과일이나 채소도 각각 저장에 좋은 환경을 맞춰주어야 한다며, 냉장과 냉동이 되는 자주 여닫는 냉장고는 기본이고 용도에 따라 하나씩 더 있어야 한다는 것이었다.

그런데 막상 집에 들인 냉장고는 음식이 아니라 전기를 먹고 있었다. 남편과 둘만 사니 남는 음식도 별로 없고, 일로 집을 비우는 일이 많아서 특별히 보관할 게 별로 없었다. 그래서 지금은 밑에 냉동실이 달려 있는 양문형 냉장고 하나만 남겨 두고 있다.

그래도 간혹 음식이 남는 경우가 있는데, 처음엔 남은 음식을 최대한 빠른 시일 내에 먹으면 괜찮지 않을까 싶어 냉동실에 보관해봤다. 하지만 십중팔구 그대로 방치. 냉장고를 정리할 때마다 저걸 먹어치워야 한다고 생각은 하지만, 나중엔 그 음식이 있는지도 잊어버렸다가 꽁꽁 얼어 성에가 껴 이게 대체 뭐였지 싶을 정도가 되면 그제야 버렸다. 한번은 밖에서 먹은 피자가 하도 맛있어서 남은 걸 싸 가지고 온 적도 있는데, 그 피자 역시 기억에서 멀어지고, 결국 내 배가 아니라 쓰레기통으로 들어갔다.

연예인의 냉장고를 그대로 옮겨와 스튜디오에서 그 안에 들어 있는 재료들로 즉석 요리 대결을 하는 TV 프로그램이 있다. 냉장고에 있는 재료들을 꺼내다 보면 유통기한이 몇 년이나 지난 식품을 마치 고대 유물 발굴하듯 찾아내기도 한다. 출연진들이 그걸 보고 모두 혀를 내두르지만, 정말 출연한 그 연예인 냉장고만 그럴까?

나 역시 그랬듯 많은 사람이 냉장고에 곰팡이를 키운다. 유산균 발효 같은 거 말고. 넣어둔 찬밥, 신문지로 싼 당근, 데쳐 먹으려던 청경채…, 이런 것들에 퀴퀴한 냄새를 동반한 보슬 보슬한 곰팡이를 키우는 것이다. 냉장고에 쓰레기를 보관할 필요는 없다. 쓰레기를 보관하기 위해 비싼 냉장고를 몇 대씩 갖고 있을 필요는 더더욱 없고.

나는 매달 평균 두 번 정도 냉장고 청소를 하는데 생각보다 금방 끝난다. 그게 가능한 이유는 냉장고 안에 든 게 별로 없기 때문이다. 아무리 냉장고가 복잡하지 않더라도 다시 불필요한 음식 재료로 냉장고를 채우지 않으려면, 냉장고를 청소할 때 내용물을 하나하나 다 꺼내 확인해야 한다. 지금 당장은 안 먹지만 내일 요리할 때 쓰지 않을까, 다음엔 혹시 먹지 않을까 하는 생각으로 냉장고에 재료를 넣어두지 않는 게 제일 좋다. 바로 쓰지 않을 재료들로 냉장고가 꽉 채워져 있으면, 일단 재료가 눈에 띄지 않는다. 다시 말해 그 재료로 요리할 생각조차 못 하게 된단 뜻이다.

마트에 가면 언제나 할인 품목이 있다. 곰곰이 생각해보면 다음에 다시 할인할 게 분명한데도 일단 사는 사람이 많다.

"당신 그거 사 가서 또 안 할 거잖아."

"내가 언제?"

"지난번에도 결국 다 버렸잖아."

"이번엔 진짜 해 먹을 거야. 싸게 살 수 있을 때 사자!"

어떤 특정 부부의 대화가 아니다. 마트 할인 코너에 가면 쉽게 들을 수 있는 말이다. 싸게 샀으니 즐거운 마음으로 얼른 해 먹으면 좋은데, 이상하게 집에만 오면 별로 안 먹고 싶어진다. 귀찮아서일 수도 있고. 어쨌든 당장 먹지 않아 남는 재료를 냉장고에 넣으며 내일은 해 먹어야지 하고 다짐한다. 그러면 꼭 외식할 일이 생긴다. 그렇게 재료는 냉장고 안쪽으로 조금씩 밀려나다가 어느새 잊힌다. 나 역시 그랬다.

할인 품목이라고 무조건 살 게 아니라, 돈을 좀 더 쓰더라도 소분한 걸 사는 게 나을 때가 있다. 물론 좀 아까운 생각이 들 때가 있는 것도 사실이다. 양배추나 수박 같은 것은 4분의 1통이나 2분의 1통이 한 통 가격과 차이가 크지 않아 왠지 손해 보는 느낌이 든다. 아까운 생각을 계속 지우기 어렵다면, 양배추 한 통을 산 다음 일주일 동안 해 먹을 요리를 정해놓고 양배추 활용을 늘린다. 예를 들면 양배추로 피클을 담그고, 샌드위치에도 채 썬 양배추를 넣는다. 쌈도 싸 먹고, 떡볶이에 양배추를 잔뜩 넣을 수도 있다. 이런 레시피가 왠지 질릴 것 같다면, 그땐 처음부터 소분한 것을 사자. 시들거나 썩어서 버리게 되면 더 낭비하는 셈이니까.

나는 할인하는 제품들은 사지 않는다. 특히 고기, 채소, 생선이 파격 할인을 하면 더더구나 사지 않는다. 유통기한이 얼마 남지 않았거나 신선도가 많이 떨어지는 것이라 할인을 해주는 경우가 많은데, 둘이 먹기엔 양이 많아서 사 온들 다 먹기도 힘들뿐더러 좀 더 신선한 걸 먹는 게 몸에도 더 좋기 때문이다. 1+1에 혹해서 장바구니에 넣는 일도 하지 않는다. 물론 오래 두고 먹을 수 있는 통조림을 사서 먹는 일도 절대 없다. 몸을 위한 일이다. 처음부터 먹을 만큼만 장을 보는 것이 중요하다. 고기는 최대 2주, 생선은 1~2주 정도만 냉동 보관하면서 다 먹을 수 있는 양만큼만 산다.

그 외 식품들도 마트에 가면 대용량 상품이 훨씬 단가가 싸다 보니 눈이 가기 마련이다. 그램당 가격을 보면 작은 것과 큰 것의 차이가 두 배가 넘는 것도 있다. 나도 처음엔 절약한답시고 대용량을 사곤 했다. 하지만 결국 다 먹지 못하고 쌓아뒀다가 유통기한이 지나서 버린 게 한두 번이 아니었다. 지구 어느 한쪽에서는 먹을 게 없어서 굶어 죽는 사람도 있는데, 내가 이게 무슨 짓인가 싶어 죄책감이 들기도 했다. 버릴 음식에 돈을 썼으니 싸게 산 게 아니라 낭비한 셈이 아닌가. 그래서 단가가 조금 비싸더라도 필요한 양만 사기 시작했다.

신기한 건 이렇게 필요한 만큼만 장바구니에 넣을 땐 양에 비해 비싸게 느껴지지만, 딱 필요한 것을 필요한 만큼만 사니 오히려 장 볼 때마다 절약이 됐다. 버리는 음식도 없고, 신선한 재료들을 사서 먹으니 건강에도 좋은 것은 물론이다.

다들 알다시피 과일이나 채소는 냉장보관을 해도 신선도가 급격히 떨어진다. 그렇다고 한 번 먹을 양만 장을 봐 오기도 애매하다. 나는 채소를 다양한 종류로 많이 먹는 편인데, 다 먹기 전에 신선도가 떨어지는 순간이 온다. 그럴 땐 각종 채소를 밥 위에 얹고, 계란 프라이까지 올린 다음 고추장과 참기름을 넣고 쓱쓱 비벼서 비빔밥을 해 먹는다. 보통은 김치찌개도 김치, 삼겹살, 두부, 양파를 넣어서 끓이지만 냉장고 안에 남은 재료가 있으면 어묵, 콩나물 같은 것도 넣어서 끓인다. 한국 음식은 이것저것 넣고 끓여도 장이 맛있으면 결론적으로 다 맛있다. 김치찌개도 김치만 맛있으면 다른 재료는 뭘 넣어도 맛있다.

미국에선 한국처럼 마트가 가까이 있거나 집까지 배달해 주는 경우가 없어서 아무리 자주 장을 보러 간다 해도 매일 가기는 어렵다. 과일이나 채소는 사실 보관을 하지 않고 바로 먹는 게 제일 좋지만, 여의치 않을 땐 신문지나 키친타월을 이용해 포장하면 비닐이나 랩보다 좀 더 오래 신선하게 보관할 수 있다.

냉장고는 사실 신선함을 유지한다기보다 실온보다 천천히 상하게 돕는 전자 제품이다. 저장해두기 위해 식재료를 사두는 건 절대 좋은 생각이 아니다. 마트에 있는 많은 채소 중에 모양도 예쁘고 신선한 것으로 고르고 골라 사놓고, 막상 냉장고에서 상해가게 두는 건 너무 아깝지 않은가.

그런가 하면 채소를 상하지 않게 하려고 샀을 때 바로 데쳐서 냉동실에 넣어두거나, 아예 김치 냉장고 두 칸 중 한 칸을 냉동고로 쓰는 사람도 있다. 하지만 이렇게 냉동한 식품이 몸에 좋을까? 원래 채소는 싱싱할 때가 제일 맛있고 건강에도 좋다.

내가 냉장고를 가볍게 할 수 있는 이유 중 하나는 직접 만든 소스 덕분이다. 나는 입맛에 맞는 소스를 몇 가지 만들어둔다. 주로 올리브유와 발사믹 식초를 섞은 다음 바질을 넣어 만드는데, 고소한 게 생각날 때는 땅콩 가루나 깨를 넣는다. 이렇게 건강한 재료로 내 입에 맞는 소스들을 만들어놓으면 음식을 자주 만들어 먹게 되니 냉장고가 저절로 비워지게 된다.

또 냉장고를 보면 내 건강 상태를 어느 정도 알 수 있다. 냉장고 속이 중요한 이유다. 어떤 음식이, 어떤 재료가, 어떻게 보관되어 있는지는 나의 식습관과 영양 상태를 매일 또는 순간순간 보여준다. 심플한 삶은 냉장고 안을 채운 물건으로도 말할 수 있다.

지금 냉장고 앞으로 가서 문을 열어보자. 그리고 그 안의 상태가 내 몸의 상태라고 생각해보자. 냉장고 청소가 시급하다는 생각이 든다면, 지금 바로 시작하기를. 그게 곧 내가 하루라도 더 아프지 않고 지치지 않고 늙지 않고 사는 첫걸음일지도 모르니 말이다.

몸은
사이즈로 말하지 않는다

　모델 세계는 정말 냉정하다. 지난 시즌보다 살이 찌면 바로 아웃이다. 매 시즌 나를 무대에 세워주는 디자이너들은 바로 전 시즌에 내가 가졌던 몸매 그대로 옷을 만들어 다음 시즌을 준비한다. 만약 내가 살이 쪄서 그 옷이 안 맞으면 아웃이다. 옷이 안 맞으니 쇼에 설 수 없는 것이다.

　이런 불문율은 모든 모델에게 적용된다. 때문에 모델들은 쇼를 준비할 때 전 시즌과 몸무게를 똑같게 만들거나 더 빼려고 노력한다. 많은 디자이너들이 볼륨감 있는 몸매보다 비쩍 마른 몸매를 좋아한다. 디자이너의 마음에 드는 몸을 만들기 위해 어떻게든 살을 빼려다 보니 결국 굶거나 극강의 식단 조절을 하는 수밖에 없다. 그러다 거식증에 걸려 죽거나 우울증으로 자살하는 경우도 흔하다. 정말 어떻게 해서든 살을 빼서 디자이너 눈에 들고 싶었던 친구들의 마음을 생각하면, 가슴이 아리다.

나 역시 시즌이 되면 긴장하고, 마른 몸이 되어야 한다는 강박에 스트레스를 받는다. 옆에서 다른 모델이 극단적인 다이어트로 몸과 마음이 아픈 걸 보면서도 직업이니 안 좋은 방법으로라도 다이어트를 강행할 수밖에 없는 날이 많았다.

나도 178센티미터의 키에 몸무게가 45~47킬로그램까지 나간 적이 있다. 뒤에서 얘기하겠지만 지금은 50킬로그램 정도를 유지하고 있다. 45킬로그램까지 나갔을 때는 다들 '그 키에 그 몸무게가 가능해?'라고 물어보곤 했었는데, 안 먹고 빼면 가능하다. 해외에서 모델 활동을 한창 할 때는 정말 비쩍 마른 몸매였다. 그런 탓에 건강이 늘 좋지 않았다. 피부 트러블은 말할 것도 없고 뭘 먹어도 소화가 안 됐다. 속이 쓰리고 이런저런 잔병도 많았다. 그래서 살을 찌웠냐면, 그럴 수는 없었다.

다이어트를 하는 많은 사람은 일단 몸무게를 빼는 데 집중한다. 그런데 이건 정말 큰 오해다. 실제로는 정상 체중이거나 보통인데도 자신이 통통하거나 뚱뚱하다고 생각하는 사람들이 남녀를 불문하고 꽤 많다. 그래서 가벼운 몸을 얘기하면 일단 살을 빼야 한다고 자신을 채근한다. 슬림한 몸을 갖는 건 자신감 문제라고 얘기하기도 하고, 대인 관계에서도 도움이 된다는 말까지 있다. 여자를 기준으로 165센티미터의 키에 45킬로그램의 몸무게가 가장 예쁜 몸이라고 많은 사람이 생각한다. 그러다 보니 자신의 몸무게 앞자리를 '4'라는 숫자로 만들기 위해 무던히 노력한다.

TV 속 연예인들은 당연히 날씬해야 한다. 정상 체중이거나 그보다 더 많이 나가면 부여되는 캐릭터 자체가 달라진다. 심지어 스포츠 세계에서도 예쁜 선수들을 칭찬하는 시대다. 이런 상황에서 좀 더 슬림해지려는 노력을 하지 않기란 쉽지 않다.

SNS를 보면 표준 키에 47킬로그램인데 43킬로그램까지 빼려는 다짐을 올리는 사람도 있었다. 정상 체중 이하로 날씬한 정도가 아니라 말랐는데도 더 빼려는 사람들도 많다. 간혹 안타까운 마음에 이렇게 묻고 싶다. S 사이즈 옷이 헐렁할 정도가 됐는데, 무엇을 위해 다이어트를 하는지 말이다.

우리는 비만에 대해 잘못된 생각을 가지고 있다. 단순히 몸무게가 많이 나가면 비만이 아니라, 몸무게가 많이 나가면서 그로 인한 합병증에 걸렸거나 걸릴 위험이 높으면 비만이다. 보기에 뚱뚱해 보이지 않아도 비만으로 인한 합병증이 있으면 비만이다. 마른 비만. 세계보건기구 산하 국제암연구소에 따르면 비만은 대장암, 위암, 식도암 외에도 유방암이나 신장암 등의 암 발생률을 높인다고 한다.

비만인 사람을 탓하거나 비하하려는 게 아니다. 비만이 될 수밖에 없는 현대인의 생활에 대해 이야기하고 싶다. 좌식 생활로 움직임은 적어졌고, 대중교통의 발달로 출퇴근할 때도 운동하기 어려워졌으며, 인스턴트 식품을 먹으며 일을 해야 할 만큼 생활은 바빠졌다. 비만은 국가적 대책이 필요한 질병이다.

무리한 다이어트로 상한 몸이든 비만으로 성인병에 시달리는 몸이든, 아픈 몸은 보기에도 좋지 않다. 생동감이 없다. 중요한 건 사이즈가 아니라 바로 활력이다. 가뿐하고 탄력이 넘치는 느낌, 그게 바로 자신에게 맞는 몸이다. 그래서 다이어트를 할 때도 몸무게가 얼마만큼 줄었느냐가 아니라 지방이 얼마나 빠졌고 근육이 얼마나 늘었느냐가 중요하다. 운동을 하면 보통 몸무게가 는다. 날씬한 몸을 원하는 사람들은 몸무게가 느는 게 겁날 수도 있다. 하지만 몸무게는 정말 숫자에 불과하다.

나도 운동을 시작하고 나서 키는 그대로인데, 몸무게는 3킬로그램 정도가 늘었다. 불필요한 지방이 빠지고 근육이 생긴 것이다. 지금은 50킬로그램을 유지하고 있다. 모델인데도 내 앞자리는 '5'이고 나는 그 숫자에 만족한다. 모델계에선 몸무게가 많이 나가는 편이지만 주변 사람들은 예전에 비하면 훨씬 건강해 보인다고 한다. 나 스스로도 느낄 정도로 건강이 훨씬 좋아졌다. 보기에 아름답고 건강한 몸매가 좋다. 사실 내 몸무게는 누군가에게 공개하지 않는 이상 나밖에 모른다.

다이어트는 역시 신선한 음식을 섭취하고 운동을 병행하는 게 제일 좋은 방법이다. 근육이 생기면 살이 더 쪄 보인다고 생각하는 경우가 많은데 오히려 지방이 없어지고 그 자리에 근육이 생기면 부피가 반 정도로 줄기 때문에 사이즈도 반 정도 줄어든다. 무엇보다 근육이 지방 분해를 촉진시키는 데 도움을 주기 때문에 뭘 먹든 지방이 몸에 붙을 확률이 줄어든다. 기초대사량이 올라가니 그냥 아무것도 하지 않는 상태에서 칼로리 소모가 커지는 것도 이점이다. 지방이 많은 사람과 근육이 많은 사람이 같은 음식을 같은 양으로 먹었을 때 지방이 많은 사람이 훨씬 더 살이 쩐다.

가벼운 몸이 되기 위해 가장 좋은 방법은 유산소와 무산소 운동을 병행하는 것이다. 유산소 운동은 운동을 처음 시작한다면 가볍게 30분 정도 런닝 머신에서 중간 정도의 속도로 걷거나 느리게 자전거를 타는 것만으로도 땀이 난다. 헬스장이 아닌 산책로나 강변 등을 걷는다면 속도를 일정하게 유지해야 한다. 힘들지 않다고 처음에 속도를 내다가 점점 힘들다고 느려지면, 오히려 운동이 잘 되지 않는다는 걸 염두에 두자.

운동량은 차차 늘려가는 게 좋다. 남들이 뛰니까 나도 뛰어야지라는 생각을 버리고 꾸준히 하는 게 좋다. 너무 조급해하면 갑자기 몸에 칼로리가 부족해져 기력이 달려 더 많이 먹게될 수도 있다.

유산소 운동으로 지방이 빠진 자리는 무산소 운동으로 근육을 채워넣는다. 배, 엉덩이, 팔, 다리, 각의 부위마다 좋은 운동이 있으므로 자신이 특별히 근육을 만들고 싶은 부위를 집중해서 운동하면 좋다. 나는 일주일에 두 번은 하체, 세 번은 복근과 팔 운동을 병행한다. 매일 같은 부위를 운동하는 것보다 번갈아 가며 하는 게 몸에도 무리가 안 가고 더 재미있다. 운동이 지겨워지지 않도록 새로운 운동도 하고, 좋아하는 음악도 듣고, 거울도 자주 보면 더 도움이 된다.

요즘에는 TV나 유튜브를 통해 프로 트레이너들이 소개하는 다양한 운동법을 쉽게 볼 수 있다. 따로 개인 트레이너와 함께 운동할 수도 있지만, 어떤 운동이든 꾸준하게 재미를 붙여서 하면 그것만으로도 충분하다. 뭐든 자신이 즐겁게 계속할 수 있는 것을 선택해서 일단 시작해보자. 꾸준히 해보면, 몸이 변하는 게 눈으로 보인다. 몸이 눈에 띄게 변하면, 운동이 재밌게 느껴지고 다른 것들도 하고 싶어진다. 처음부터 무리해서 운동을 많이 하는 것보다 스스로가 흥미를 느끼고 또 하고 싶어지게 만들 수 있는 방법을 찾아야 한다.

내가 주로 하는 가볍고 활기찬 몸을 만드는 운동법을 몇 가지 소개하려고 한다. 집에서 매트를 깔고 해도 좋은 운동들이다. 매트가 없다면 바닥에 이불을 깔고서라도 바로 시작해보자. 이때 출렁이는 침대는 피할 것. 다음에 소개하는 운동들은 많이 알려진 것들로 인터넷만 찾아보아도 쉽게 따라할 수 있다.

스쿼트

먼저 스쿼트는 꽤 많이 알려진 운동이다. 여러모로 효과가 좋아서 사람들에게 인기가 좋다.

나는 집에 있을 때 수시로 스쿼드를 한다. TV를 보다가 '스쿼트 할까?' 하는 생각이 들면 망설이지 않고 일어나 단 몇 번이라도 한다. 특히 양치질할 때는 스쿼트를 하면서 이를 닦는다. 거울이 있어서 내 자세를 확인할 수 있기 때문이다.

1 선 채로 허리를 꼿꼿하게 편 상태로 앉았다 일어났다 반복한다. 이때 무릎이 발끝보다 앞으로 나오면 절대 안 된다.

2 엉덩이와 허벅지 근육이 아플 만큼 당기면 잘하고 있다는 뜻이다. 다른 어떤 운동보다 자세가 중요하다.

3 15번씩 3세트 정도 해주면 효과가 좋다.

백런지

백런지도 많이 알려진 운동이다. 나는 공원을 산책하다 벤치가 보이면 다리를 올리고 백런지를 한다. 운동을 해야지 결심하는 것보다 마땅한 벤치가 눈에 띌 때마다 자연스럽게 자주 하는 게 도움이 된다. 엉덩이가 위로 올라가고 허벅지 셀룰라이트도 사라지는 효과가 있다.

1 낮은 의자나 테이블을 등지고 서서 먼저 오른쪽 다리를 뒤로 뻗어 그 위에 올린다. 이때 의자나 테이블은 무릎 높이 이하가 좋다.

2 오른쪽 발끝을 걸친 상태에서 왼쪽 다리는 90도 각도로 구부렸다 일어난다. 이때 양손은 허리를 잡거나 손을 깍지 낀 상태로 앞으로 내밀고 하면 균형 잡기가 수월하다.

3 다리를 바꿔 왼쪽 다리를 의자에 올리고 동작을 반복한다.

4 이왕 시작했으면 양쪽 다리를 15번씩 3세트 정도 해주면 효과가 좋다.

플랭크

세 번째로 소개할 운동은 코어 운동으로 좋은 플랭크다. 몸의 균형을 맞춰주는 운동이라 온몸에 힘이 들어가고, 특히 복근에 좋다. 평소에 소홀했던 온몸 근육 전체에 긴장감을 줘서 잘 안 보이는 구석구석 살까지 빠지는 효과가 있다.

1 엎드려뻗쳐 자세를 취한 후, 팔을 ㄴ자로 굽혀서 손바닥을 바닥에 붙이고 일자로 몸을 유지한다. 손은 깍지를 껴서 바닥에 붙여도 좋다.

2 주의할 점은 머리끝에서 발끝까지 일자가 된 상태를 유지하는 것이다. 허리가 구부러지거나 엉덩이가 올라간 상태로 하게 되면 운동이 제대로 되지 않는다.

3 30초 정도씩 3세트를 한다.

플랭크 트위스트

네 번째 운동은 옆구리 라인을 살려주는 플랭크 트위스트다. 옆구리 살은 정말 빼기 힘든데, 나는 이 운동을 통해 옆구리 라인이 많이 잡혔다.

1 위에 얘기한 플랭크 자세에서 몸을 틀어주는 운동이다. 옆구리를 짠다는 느낌으로 오른쪽으로 한 번 왼쪽으로 한 번, 어깨를 그대로 유지하면서 옆구리만 빨래 짜듯 틀어준다.
2 양쪽 번갈아 15번씩 총 30번을 한 세트로 3세트씩 한다.

브릿지

다섯 번째 소개할 브릿지는 예쁜 엉덩이와 허벅지를 만드는 데 좋은 운동이다. 애플힙이라는 말이 있을 정도로 처지지 않고 볼록 올라간 엉덩이는 뒤태의 매력을 한층 올려준다.

1 일단 누워서 등을 바닥에 댄다. 이때 등은 뜨는 부분이 없도록 이리저리 움직여 일자로 평평하게 바닥에 붙인다.

2 다리는 어깨 넓이로 벌린 후 발을 바닥에 붙이고 무릎을 ㄱ자로 굽혀 세운다. 이때 팔은 편하게 옆에 내려놓고, 이 상태에서 등과 엉덩이를 위로 들어올린다. 머리부터 어깨까지와 발바닥과 팔은 바닥에 붙어 있는 상태로 배가 위로 올라가 다리 모양이 되어야 한다.

3 최대한 엉덩이를 높이 들어 올렸다가 천천히 내려오는 걸 반복한다. 이때 엉덩이는 바닥까진 닿지 않도록 주의한다. 올라갈 때 엉덩이와 허벅지에 긴장감이 느껴지고 내려올 때 풀리는 느낌이 든다면 제대로 하고 있는 것이다.

4 50번씩 3세트 정도 한다.

슈퍼맨

허리, 엉덩이, 허벅지 운동에 좋은 슈퍼맨 자세를 소개한다.

1 먼저 배를 바닥에 붙인다. 이때 다리는 어깨보다 살짝 넓게 벌려주고 일자로 쭉 펴준다. 얼굴은 약간 앞쪽이나 바닥을 봐야 목에 무리가 안 간다.
2 팔은 겹친 상태로 얼굴 아래쪽 바닥에 붙여서 놓는다. 팔을 쭉 뻗고 해도 되지만 엉덩이와 다리를 더 높이 들어 올리려면 팔을 얼굴 아래 놓는 게 좋다.
3 그런 다음 온전히 엉덩이와 다리 힘으로 하체를 슈퍼맨이 날 때처럼 들어 올려준다.
4 보통 15번씩 3세트를 한다.

누워서 자전거 타기

누워서 자전거 타기는 자전거를 타는 동작과 비슷하지만 상체를 같이 움직여 복근의 힘을 키우는 운동이다.

1 먼저 등을 바닥에 붙이고 깍지 낀 손을 머리 뒤에 댄다. 오른쪽 팔꿈치와 왼쪽 무릎을 공중으로 들어 올려 서로 마주치게 한 다음 다리는 일자로 쭉 펴서 바닥에 닿지 않게 펴고, 다시 왼쪽 팔꿈치와 오른쪽 무릎이 공중에서 닿게 한 후 다리를 일자로 쭉 편다.

2 양쪽 번갈아 반복한다. 팔이나 다리가 당기면 안 되고, 배가 당기는 느낌이 들어야 제대로 하고 있는 것이다.

3 이렇게 30번씩 3세트를 한다. 하다 보면 복근에 힘이 들어가는 게 점점 달라진다.

레그 레이즈

앞에서 말했듯이 나는 보통 11시간 정도를 자는데, 아무리 잠이 많은 편이라고 해도 중요한 쇼에 서기 전날에는 긴장 때문에 잠이 쉽게 오지 않는다. 이럴 때는 늘 하던 잠자기 30분 전 규칙, 스마트폰을 내려놓고 편안한 음악 듣기 같은 건 도움이 되지 않는다.

그럴 때 특효는 바로 스트레칭. 보통 스트레칭은 잠을 깨거나, 아침에 일어나서 몸을 풀 때 필요하다고 생각하는데 이 스트레칭은 조금 다르다. 침대에 그대로 누운 채 하는 스트레칭이기 때문에 몸을 더 편안하게 풀어주는 효과가 있다.

1 누운 상태에서 양팔을 몸통에 딱 붙이고 손바닥은 매트리스에 붙인 후 양쪽 다리를 최대한 90도까지 위로 천천히 올렸다가 다시 천천히 내린다.

2 이 동작을 30번씩 3세트를 한다. 주의할 점은 1세트를 하는 동안 다리를 내릴 때 매트리스에 닿지 않아야 한다는 것.

레그 시저스

레그 레이즈와 달리 전체적으로 복근을 만들고 예쁜 엉덩이까지
만든다. 가위 모양을 연상하면 된다.

1 똑바로 누운 상태에서 양팔을 몸통 옆에 붙여 매트리스 위에
   내려놓고, 손만 엉덩이 밑에 살짝 넣어준다. 이때 손등이 엉덩
   이에 닿고, 손바닥이 매트리스에 닿게 한다.
2 양쪽 다리를 45도 정도로 올린 다음에 가위처럼 서로 교차해
   주면 된다.
3 20번씩 3세트를 한다.

필로우 토스

이 동작은 침대도 좋지만, TV를 볼 때 틈틈이 하면 뱃살을 빼는데 매우 좋다. 이때 TV는 재미있는 걸로 봐야 한다. 그래야 시간이 빨리 간다. 단 화면을 계속 지켜볼 정도로 재미있는 거라면 운동을 멈추게 되거나 자세가 바르게 되지 않을 수 있으니 신경 써야 한다.

1 먼저 베개가 필요하다. 하늘을 보고 누운 상태에서 베개 양끝을 손으로 잡고 머리 위쪽으로 쭉 뻗어준 다음에, 그 상태로 복근을 이용해 상체를 일으키고 동시에 다리를 편 상태로 든다.

2 손에 들고 있던 베개를 종아리 사이로 건넨 다음 무릎과 상체를 천천히 바닥으로 내린다. 다시 복근을 이용해 다리와 손이 배 위쪽에서 만나 베개를 손으로 넘기고, 제자리로 갔다가 다시 다리 사이에 끼우는 식으로 반복한다.

3 15번씩 3세트를 한다.

다이어트는
건강하게

타고난 마른 몸은 많은 사람의 부러움을 산다. 하지만 막상 마른 친구들의 속사정을 들어보면 살찌우는 것만큼 어려운 것도 없다고 한다. 다이어트 정보는 많은 데 반해 살찌는 정보는 별로 없는데다, 있어봐야 잠자기 직전에 라면 먹고 자라는 식의 장난 어린 말뿐이라는 것이다. 거기에 주변에선 배부른 고민이라고 타박을 주기까지 해서 이중고를 겪는다고 했다. 살을 찌우기 위해 약까지 먹어가며 고군분투하는 친구의 모습을 보면서 이 역시 안타까웠다. 사회가 정해놓은 잣대에 나를 꼭 맞출 필요는 없을 텐데….

우리 모두는 백이면 백, 다 다른 몸매를 가지고 있고, 서로 다른 매력을 갖고 있다. 요즘 플러스 모델이 유행인데, 이런 현상을 나는 매우 반긴다. 예전 같으면 뚱뚱한데 무슨 모델이

냐며 손가락질했을지도 모른다. 하지만 나는 플러스 모델들이 훨씬 더 현실적인 몸매라 생각한다. 무엇보다 자신의 몸을 사랑하고 자랑스러워하는 모습을 보면 배울 것이 많다.

세상이 아무리 많이 바뀌었어도 모델 세계는 여전히 마른 모델을 선호하고, 그 선호 대상이 되기 위해 모델들은 더 살을 빼려고 노력한다. 모델 이사벨 카로가 자신의 거식증을 공개하면서 사람들에게 경고했고, 모델 협회에서도 더 이상 마른 모델을 쓰지 않겠다고 했지만, 현실은 여전히 더 마른 모델을 찾고 있다. 살이 조금 쪘다고 활동이 어려워진 모델은 허다하지만, 너무 말라서 모델 활동이 어려워진 모델은 없다. 극단적으로 말하면 거식증이나 우울증으로 죽기 전에는 말라서 모델을 할 수 없는 사람은 없다.

모델 일을 하면서 동료 중에 빈혈로 어지러움을 느끼면 콜라나 사이다 같은 탄산음료로 당만 보충하는 경우도 봤다. 담배가 다이어트에 도움이 된다는 이야기를 믿는 동료들도 있었다. 옆에서 보면서도 그렇게까지 하지 말라고 차마 말하지 못했다. 다이어트에 대한 부담감이 얼마나 큰지 알기 때문이다. 그 정도로 체중에 집착을 하다 보니 예민해지고, 처음 쇼를 시작할 때와 달리 자잘한 피부 트러블은 물론 염증까지 생기는 일도 다반사였다. 없던 아토피가 생겨 화장으로 가리느라 애를 먹는 동료들도 허다했다. 비단 내 주변에서만 일어나는 일이 아니다.

극단적인 다이어트가 좋지 않다는 걸 알면서도 사람들은 원 푸드 다이어트도 마다 않는다. 하지만 그렇게 찌고 빼는 걸 반복하다가도, 적절하게 먹고 적절하게 운동하는 방법을 배워 살이 빠지는 것에 재미가 들리면 다이어트에 중독된다. 여기까지는 좋은 의미의 중독이다. 주변에서 예뻐졌다는 말을 듣는 것도 즐겁고, 작은 사이즈의 옷이 맞는 것도 신난다. 주변에서 자신을 보는 시선도 달라진다. 그럼 이쯤에서 이제 다이어트를 그만해도 되는데 더 높은 기준을 세워 살을 빼려 노력한다. 다이어트도 분명 중독이다.

나도 화보 촬영이나 쇼가 있으면 한 달 전부터 관리에 들어간다. 먹는 걸 아무리 정말 좋아해도 쇼나 화보를 준비할 땐 나도 어쩔 수 없이 모델이다. 내 자신을 런웨이에서 물러나게 하고 싶지 않아서 다이어트를 한다. 다만 건강하게 다이어트를 하려고 노력한다. 내 방법은 다음과 같다.

먼저 일어나서 공복 운동을 하고, 가벼운 단백질 식품과 채소를 먹는다. 샐러드, 두부, 닭가슴살, 고구마 같은 걸로 영양을 채워준다. 기름진 음식이나 술은 절대 입에 대지 않는다. 그렇게 한 달 정도 먹다가 쇼 3일 전부터는 디톡스 주스를 마신다. 하루 세 끼를 디톡스 주스로 대체하는 방법인데, 사실 마지막 3일은 다이어트를 위해서가 아니다. 늘어난 위를 줄이고, 피부의 독소를 배출하려는 노력이다.

평소엔 잘 안 먹는 채소들로 만든 디톡스 주스는 내 몸을 건강하게 만들어준다. 먼저, 샐러리 줄기 부분 두 개, 케일 두 장, 밀싹 가루 한 스푼, 코코넛 워터 반 컵을 믹서에 넣는다. 여기에 청포도 다섯 알과 그린애플 반쪽은 껍질째 넣고 함께 갈아준다. 한 달간 다이어트를 할 때보다 디톡스 주스를 3일 마실 때 확실히 피부가 좋아지는 게 느껴진다. 먹는 양도 줄어들고, 속도 좋아져서 쇼 기간 동안 버틸 수 있게 해준다. 평소에도 3일까지는 아니어도 하루나 아침 운동이 끝난 후에 종종 디톡스 주스를 마신다.

쇼 당일 아침에도 공복 운동은 계속한다. 아침에는 과일과 커피를 마시고, 점심에는 샐러드나 가벼운 샌드위치 위주로 먹는다. 저녁에는 채소와 단백질 위주의 식사를 한다. 옆에서 동료들이 아몬드만 겨우 한 움큼을 먹을 때 미안한 마음이 들지만, 나는 세 끼를 다 챙겨 먹는다. 중간에 디톡스 주스나 과일 주스를 마셔서 피부와 속 관리도 계속해준다.

내가 아프거나 쓰러지면 모델 일도 다 부질없어진다. 게다가 배가 고프면 신경이 날카로워져서 쇼나 촬영에 지장을 줄 수도 있다. 나는 일을 잘하기 위해서도 내가 건강했으면 좋겠다.

사실 쇼가 아니면 위와 같은 식사는 하지 않는다. 정말 이런 저런 요리를 하고 먹는 게 얼마나 즐거운데, 풀이나 고구마만 먹고 살 수 있을까 싶다. 그렇게 보면 원 푸드 다이어트를 하는 사람들의 의지력은 정말 존경한다. 다만 그 방향을 조금만 틀어서 건강하게 운동하고 몸에 좋은 음식을 만들어 먹으면 좋겠다. 그리고 지금도 충분히 당신 모습 그대로 사랑스럽다는 것을 인정해주면 좋겠다. 겉모습이 마른 사람보다 자존감이 단단한 사람이 훨씬 더 멋지다.

나는 많은 요리 레시피를 이미 인스타그램에 올려두었다. 그중 강력 추천하는 레시피 다섯 가지를 뽑아보았다. 다음 레시피에 각 재료의 양을 정확히 설명하지 않았다고 당황하지 마시길. 기호에 맞게 분량은 조절하면 된다. 앞서 얘기한 것처럼 나는 인터넷이나 TV에 나온 요리법을 보며 굳이 몇 숟가락, 몇 그램은 메모하지 않는다. 〈삼시 세끼〉나 〈오늘 뭐 먹지?〉 같은 프로그램을 특히 좋아하는 이유도 거창한 레시피 없이 자기 식성에 맞게 집에서도 충분히 해 먹을 수 있는 방식으로 요리하기 때문이다. 어려운 레시피는 요리에 대한 흥미를 떨어트릴 뿐이다. 혹시 집에 레시피에 나오는 재료가 없다면 비슷한 맛이나 색을 가진 다른 재료로 대체하면 된다. 그럴 때 난 더 진짜 요리사가 된 기분이다.

소개하는 레시피에 팁을 보태자면 싱거운 걸 좋아할 경우엔 후추 같은 향신료를 사용해서 맛을 내고 소금은 약간만 넣고, 적당히 간이 된 걸 좋아하거나 약간 짭조름한 걸 좋아한다면 소금만 넣어도 충분히 맛이 난다. 이 정도만으로도 레시피에 나온 계량을 뛰어넘는 내 입맛에 맞춘 요리가 가능해진다.

프루트 볼(아사이 볼)

아침에 간단하게 해 먹을 수 있다. 칼로리는 적지만 식사 대용으로 충분할 만큼 영양소가 풍부하다.

1 우유 반 컵, 바나나 하나, 꿀 한 스푼, 냉동 블루베리 한 움큼을 넣고 믹서기에 갈아준다.

2 그릇에 담은 뒤, 그 위에 좋아하는 견과류와 과일로 데코레이팅을 해준다. 내가 꼭 넣는 견과류는 아몬드와 치아시드다. 또 카카오닙스를 좋아하는데, 이는 다이어트에 아주 좋다. 좋아하는 딸기 그리고 블루베리도 얹어준다.

구운 닭고기와 콩 샐러드

왠지 멋진 요리를 해 먹고 싶을 땐 'Grilled chicken and pea salad'라고 불러도 좋다. 유럽이나 미국 식당에서 자주 볼 수 있는 메뉴인데 집에서도 간단하게 만들어 먹을 수 있으며 칼로리도 낮은 건강식이다.

1. 닭가슴살을 준비해서 후추와 소금을 살짝 뿌려 15분 정도 상온에 둔다. 닭가슴살 분량은 먹고 싶은 만큼. 싱거운 걸 좋아한다면 저염 소금을 살살 조금만 뿌리고, 후추를 골고루 뿌려준다. 한여름이라면 상온에 두는 것보단 냉장고에 30분 정도 두는 게 좋다.

2. 소금과 후추가 스며드는 동안 양파를 썰어 물에 담그고, 양상추는 한 입에 먹기 좋게 손으로 잘라준다.

3. 닭가슴살을 그릴이나 프라이팬에 굽는다. 냉장 닭가슴살을 기준으로 한쪽에 6~8분씩 굽는다.

4 닭가슴살이 익는 동안 끓는 물에 완두콩과 껍질콩을 넣고 5분
간 더 끓인 후 체에 밭친다. 콩에서 물기가 빠지면서 알아서 식
는다.

5 물과 콩이 끓는 동안 샐러드 드레싱을 만든다. 꿀 두 스푼, 레
몬 한 개를 짠 것에 소금과 후추로 간을 한다. 드레싱은 코코넛
슈가 한 스푼, 레몬 반 개로 만들어도 좋다.

6 구워진 닭가슴살을 먹기 좋게 썰어서 그릇에 담고, 그 옆에 식
은 완두콩과 껍질콩, 양상추를 놓고, 전체에 드레싱을 뿌린다.
완성!

디톡스 주스

디톡스 주스는 앞에서도 잠깐 소개했다. 디톡스에도 여러 방법이 있는데 나는 일어나자마자 물 한 잔과 디톡스 주스 한 잔을 아침 대용으로 마신다.

가끔 디톡스로 전혀 효과를 못 봤다는 사람들도 있는데, 한 번 먹고 효과가 있을 순 없다. 한약도 보통 스무 첩 한 제를 먹는데, 디톡스 주스 몇 번 마셨다고 눈에 보이는 효과를 기대하는 건 기적을 바라는 것과 같다. 디톡스는 꾸준히 할 때 효과를 느낄 수 있다. 며칠간 끼니를 디톡스 음료로 대체하는 것보다 하루에 한 잔씩 한 끼만 대신해서 꾸준히 마시는 게 좋다. 피부가 좋아지고 몸이 점점 가벼워진다.

나는 다양한 과일들로 디톡스 주스를 만들지만 코코넛 워터와 함께 레몬과 생강은 기본적으로 꼭 넣는다. 구기자도 꽤 자주 넣어 먹는데, 이것만 먹으면 약간 시큼한 맛이 난다. 미국에선 고지베리라고 부르는데, 항암 치료에 효과가 있고 세계 8대 슈퍼 푸드에도 이름을 올려서 정말 인기가 좋다. 질병과 노화의 원인인 활성산소를 제거하는 항산화 효능이 다른 어떤 베리류와 비교해도 높다.

<u>1</u> 샐러리 줄기 부분 두 개, 케일 두 장, 밀싹가루 한 스푼, 코코넛
    워터 반 컵, 레몬즙 약간을 믹서에 넣는다.

<u>2</u> 청포도 다섯 알과 그린애플 반쪽은 껍질째 넣고 1과 함께 갈아
    준다.

아보카도 바나나 스무디

운동하는 사람들에게 특히 권하고 싶은 스무디다. 그중에서도 피부가 좋아지고, 다이어트에 도움이 되는 포만감도 주는 효자 스무디가 바로 '아보키도 바나나 스무디'다. 칼로리 낮은 단백질로, 특히 운동하고 나서 마시면 근육이 생기는 데 도움이 된다. 근육이 많으면 기초대사량이 늘어나 평소 자동적으로 소모되는 칼로리가 늘어난다.

1   바나나 하나, 아보카도 반 쪽, 아몬드 다섯 알, 아몬드 우유 반컵, 꿀 한 스푼을 믹서에 넣는다.
2   모든 재료를 갈아준다.

요거트 셰이크

운동에 관심 있고 열심히 하는 사람들에게는 스무디보다 다음의
셰이크를 추천한다. 항산화 효과가 탁월한 블루베리는 피부와 눈
에 좋고, 치아시드는 물, 우유, 요거트를 만나면 불어나기 때문에
조금만 먹어도 포만감이 생긴다. 이때 요거트는 그릭 요거트를
추천한다. 프로바이오틱스가 많이 들어 있어서 변비로 고생하거
나, 평소에 속이 안 좋은 사람들에게도 좋다.

1　프로틴 가루 한 스푼, 블루베리 한 움큼, 치아시드 한 스푼, 딸기
　다섯 개, 바나나 한 개, 그릭 요거트 세 스푼, 아몬드 우유 반 컵
　을 믹서에 넣는다.

2　모든 재료를 간다. 단, 너무 많이 갈면 영양이 다소 손상되니 조
　절이 필요하다.

덧붙여 아사이베리도 다이어트에 특히 좋은 과일이다. 항산화 성분이 많아 구기자처럼 피부에도 좋고 노화와 암 예방에도 도움이 되지만 오메가 3, 6, 9가 다 들어 있어서 생선 비린내가 싫어서 오메가 3를 섭취하기 어려운 사람들에게 유용하다. 아사이베리는 유통이 쉽지 않은 과일이라 가루로 만든 것을 스무디나 주스에 넣어 마시거나, 구기자와 함께 그릭 요거트에 넣어 먹는다.

케일 스무디

하나 더. 이름하여 '피부에 좋은 스무디'. 염증 완화와 노폐물 제거
에 탁월하며, 푸석푸석하거나 건조한 피부를 개선해주는 건강식
이다. 일주일에 두세 번 정도 꾸준히 마시면 피부가 밝아지는 걸
눈으로 확인할 수 있다.

1 바나나 한 개, 케일 두 장, 사과 반 개, 블루베리 한 움큼, 아몬드
   우유 반 컵, 치아시드 한 스푼을 넣고 믹서에 갈아 마신다.
2 포만감이 필요 없다면 치아시드는
   빼도 좋다.

해장에는 코코넛 워터

팁 하나 더. 술을 많이 마신 다음 날에는 코코넛 워터를 마신다. 술을 많이 마셔서 빠져나간 수분을 채우기 위해서다. 코코넛 워터는 마시는 링거라고 불릴 정도로 효능이 좋다. 나는 한식을 정말 좋아하지만 해장국은 먹지 않는다. 해장국은 어쨌든 소금이나 간장으로 간을 하기 때문에 염분이 많다. 또 술을 마시고 다음 날 일어나기도 힘든 데 해장국 끓이는 것도 여간 고생이 아니다.

코코넛 워터를 처음 마실 때는 익숙하지 않은 맛이라 당황할 수 있다. 달콤할 것 같지만, 실제로 마시면 밋밋하고 약간 느끼하고 뭐라고 설명하기 어려운 맛이다. 그럴 땐 어떤 과일이든 자신이 좋아하는 과일을 갈아서 섞어 마시면 신기하게도 맛있어진다.

디톡스 주스를 만들 때도 물 대신 코코넛 워터를 넣으면 좋다. 코코넛 워터에 들어 있는 칼륨은 근육을 튼튼하게 해주고, 마그네슘은 근육과 신경에 도움을 준다. 사이토카인 성분이 신체 면역력에도 도움을 주고, 항산화 성분이 다양하게 들어 있어 체내 독소 제거도 돕는다. 칼로리도 매우 낮아 다이어트를 방해하지도 않는다.

건강한 다이어트를 위한 밥

위의 레시피가 어렵게 느껴지는 분들을 위해 한식에서 빼놓을 수 없는 밥 레시피를 소개한다. 나도 한식을 좋아해서 매일 먹는 밥을 가장 많이 신경 쓴다.

현미 반 공기, 현미 찹쌀 다섯 스푼, 아마씨 세 스푼, 카뮤트 세 스푼, 퀴노아 두 스푼, 병아리콩 반 움큼을 넣어 2인분을 밥을 짓는다. 아마 모든 요리 중에 가장 열심히 계량을 하는 게 밥인 듯하다. 그만큼 밥은 정말 중요하다.

현미와 현미찹쌀이 흰쌀보다 좋다는 건 이미 알려진 얘기다. 현미가 정말 좋은가에 대한 논란이 있지만, 영양분으로 볼 때 현미는 여전히 좋은 밥 재료다.

아마씨에는 오메가3가 들어 있다. 심장질환 예방에 좋고, 두뇌 발달에도 도움을 준다. 항암 효과와 비수용성 섬유소 덕에 변비 치료에 아주 좋다.

카무트는 좀 생소한 재료인데, 이 곡물을 밥에 넣으면 쫄깃쫄깃한 식감이 정말 좋다. 밥에 들어가는 재료 중 내가 가장 좋아하는 카뮤트는, 이집트에서 재배되어온 곡물로 항산화 효과, 노화 방지, 다이어트, 변비 예방까지 도움이 된다. 정말 꼭 먹어야 하는 재료다. 밥으로 해 먹지 않더라도 물에 끓여서 식힌 후 샐러드에 넣어 먹어도 좋다.

<u>퀴노아</u>는 이미 꽤 유명한 슈퍼 푸드다. 흰쌀과 비교해서 단백질, 칼륨, 칼슘, 철분, 식이섬유가 훨씬 많다고 한다. 퀴노아도 카무트처럼 물에 끓여서 차갑게 식힌 다음 샐러드에 넣어 먹어도 좋다. 미국에서는 샐러드 재료로 인기가 좋다. 채소나 고기로 샐러드를 해 먹는 게 지겨운 사람들은 퀴노아와 카뮤트를 이용해 샐러드를 해 먹으면 톡톡, 쫄깃쫄깃한 식감이 예술이다.

<u>병아리콩</u>은 밥 색이 변할 걱정 없이 넣어 먹을 수 있는 콩이다. 남편만 해도 검은콩이나 흑미를 넣어 밥을 하면 검은 밥이 싫다고 좋아하지 않는다. 병아리콩은 식이섬유가 풍부하고 포만감이 높아 적게 먹어도 배가 부르고 변비에도 좋아 다이어트를 할 때 필수 곡물이라고 할 수 있다. 사포닌, 레시틴, 이소플라본 등의 성분이 체내 나쁜 콜레스테롤을 배출시켜줘서 성인병 예방에도 도움이 된다. 철분이 들어 있어서 나처럼 빈혈이 있는 사람에겐 특히 좋다. 어릴 땐 빈혈로 쓰러진 적도 몇 번 있었는데, 병아리콩을 많이 먹어서인지 지금은 빈혈로 쓰러지기는커녕 어지럽지도 않다. 마그네슘과 칼슘이 풍부해서 어린이 성장에도 좋고, 어르신들에겐 골다공증 예방에도 도움이 된다.

화장대는
심플하게

피부가 예민한 사람에게 가장 당혹스러운 몸의 반응은 아마도 화장품 부작용일 것이다. 남들이 좋다는 화장품을 발랐을 뿐인데, 아프고 따가워서 병원까지 달려가야 하는 일도 있다. 나도 그런 불편을 여러 번 겪어봤다. 원래 피부가 예민하게 타고난 탓도 있었지만, 모델을 시작하고서는 잦은 쇼나 촬영용 메이크업 때문에 여러 화장품을 쓰다 보니 피부에 무리가 된 것이다. 화장품의 품질과는 다른 문제다. 다른 사람에게는 잘 맞아도 나에게는 맞지 않을 수 있으니. 그래서 화장품에 어떤 성분들이 들어 있는지 꼼꼼히 확인해보는 습관이 생겼다.

아마 화장품 성분에 관심이 있다면 파라벤, 계면활성제, 프탈레이트에 대해 익히 들어봤을 것이다. 최고 들어 이 세 성분에 대한 논란이 더 커지기도 했다. 저마다의 선택 기준이 있겠지만, 아무래도 피부가 예민한 나 같은 사람에게는 무시하기 힘든 요소들이다.

파라벤은 방부제의 일종으로 많은 회사들이 화장품이 변질되지 않도록 기본적으로 첨가하는 물질이라고 한다. 동물에게 과다 사용할 때만 위험하고 인간에겐 무해하다고 주장해 왔으나 내분비계에 영향을 미쳐 임산부와 아이에게 좋지 않고 호르몬 교란으로 여성에게는 유방암을 남성에게는 정자의 미숙과 감소를 일으킨다는 연구 결과가 있다. 화장품에 들어 있는 보습과 활성 성분이 미생물에 오염되지 않는 것도 중요하지만, 이 때문에 다른 질병이 생길 수도 있다는 연구 결과를 무시하긴 어렵다. 그러다 보니 되도록 유통기한이 너무 길지 않은 화장품에 손이 갈 수밖에 없다.

계면활성제는 로션부터 샴푸, 린스, 바디 워시나 크림 등 거의 모든 미용 제품에 안정화를 위해 들어가는 재료다. 독성이 강하고 발암물질인데다 피부에 염증을 일으키기 쉽다고 한다. 거품이 잘 나고, 성분들이 서로 잘 섞이게 하려고 사용하지만 사실은 계면활성제가 들어 있는 샴푸나 린스가 두피와 머릿결을 손상시킨다고 한다. 요즘 천연 계면활성제라는 말

도 있는데, 천연 재료에서 얻은 성분이라 하더라도 계면활성
제로 만들기 위해 화학 구조를 바꾸기 때문에 부작용은 같다
고 한다.

프탈레이트는 플라스틱을 부드럽게 하는 물질로 카드뮴 정
도의 독성을 띠는 성분으로 알려져 있다. 불임, 기형아, 유산
을 유발할 수 있어 임산부나 임신 준비를 하는 사람들에겐 특
히 안 좋다고 한다. 물론 남성들의 정자에도 영향을 미친다는
정보도 있다. 이런 이유로 유럽연합에선 엄격하게 금지시켰
다는데, 아직도 화장품 용기와 성분을 살펴보면 포함되어 있
는 경우가 많다.

나는 얼굴에 쓰는 화장품은 물론 바디나 헤어 용품을 고
를 때 가격보다 이 세 가지 성분부터 따진다. 안색을 맑고 밝
게 해주고 주름을 완화시켜주고 탄력을 준다지만, 이런 염려
스러운 화학 물질이 그런 좋은 효과를 줄 것 같지가 않아서다.
물론 나도 미백 효과가 있거나 노화나 주름을 방지해주는 제
품들을 써보지 않은 건 아니다. 하지만 그게 오히려 피부를 상
하게 했고, 오히려 천연 성분의 중저가 화장품이 상한 피부를
진정시켜줬다. 아무리 효과가 좋다고 떠들썩한 유명 제품이
라 한들 들어 있는 성분이 내 피부에 맞지 않다면 쓰지 않는

게 맞다.

국내외를 막론하고 대부분의 모델은 일주일에 한 번 정도 전문가에게 관리를 받는다. 나도 필요에 따라 관리를 받기도 하지만, 가급적 피부과 기계 시술은 피한다. 피부층을 작위적으로 벗겨내거나 깎아내는 방법보다는 마사지로 안색을 편안하고 활력 있게 하는 것이 장기적으로 나에게 좋을 것 같아서다. 그런 이유에서 평소엔 메이크업을 하지 않는다. 피부가 자연스럽게 숨을 쉴 수 있도록 하는 게 가장 기본이 아닐까 싶어서다.

그래서 찾은 방법! 기능성 화장품보다 천연 오일을 주로 쓴다. 100퍼센트 천연 성분의 아르간, 마룰라, 마라쿠자, 이 세가지의 오일로 자주 마사지한다. 세 가지 중 하나의 오일을 손에 덜어 가볍게 문지르면서 손의 온기로 피부에 스미게 한다. 손과 손가락으로 30초 정도 가볍게 마사지하면 시중에 나와 있는 어떤 마스크 팩보다 효과가 좋다. 오일로 마사지를 하면 예민해진 피부가 진정되고 가라앉는다. 피부가 푸석하거나 예민할수록 다른 아무것도 넣지 않은 천연 오일이 좋다.

세안은 코코넛 오일로 한다. 매일은 아니고 일주일에 서너번 정도는 코코넛 오일로 세안을 하는데, 화장한 날은 위에 말

한 대로 코코넛 오일이나 일반 클렌징 오일로 세안한 후에 폼 클렌징을 사용해 이중 세안을 한다. 원래도 세안할 땐 순한 제품을 쓰지만, 내겐 코코넛 오일이 제일 좋다. 나는 피부가 정말 건조한 편이라 다른 걸로 세안하고 나서 바로 스킨이나 화장품을 바르지 않으면 피부가 당겨서 따가울 정도다. 코코넛 오일은 상온에 두면 하얗고 딱딱하게 굳는데 숟가락으로 떠서 얼굴에 바른 다음 손의 열기로 녹여주면서 부드럽게 마사지하면 화장도 지워지고 피부 노폐물까지 없어진다. 얼굴이 훨씬 덜 건조하고 당기지도 않는다. 피부가 촉촉해지는 게 손으로 느껴질 정도다.

세안을 하고 나서 쓰는 기초 화장품도 정말 단순하다. 그리고 스킨 대신 물을 스프레이 통에 담아 얼굴에 뿌려주고 물기가 마르기 전에 아르간, 마룰라, 마라쿠자 오일 중 한 가지를 얼굴에 마사지하듯 바른다. 아침에는 이걸로 끝. 저녁에는 아이크림과 크림을 덧바른다.

운동을 갈 때는 심지어 선크림도 바르지 않는다. 운동할 때 땀이 배출되면서 피부에 쌓인 노폐물도 함께 배출되는데, 선크림이나 두꺼운 화장은 노폐물 배출을 막는다. 오히려 노폐물이 피부에 쌓여 뾰루지 등이 생기기 쉽다. 땀으로 몸 안의 독소를 배출할 수 있는 좋은 기회를 놓치지 않기 위해, 나는 운동하러 갈 때 절대 화장을 하거나 선크림을 바르지 않는다. 선크림을 바르느니 햇빛이 강하지 않은 시간에 나가거나 실내나 나무 그늘 아래서 운동하는 게 낫다.

역시 피부에 바르는 화장품도 심플한 것이 좋다.

가방이 심플할수록
여행이 즐겁다

내 캐리어는 늘 가볍다. 시애틀 공항에서 수화물을 부칠 때 나는 캐리어를 사뿐히 들어 무게를 잰다. 한국에 자주 가지 못하기 때문에 한번 가면 꽤 오래 머무는데도 내 캐리어는 가볍다. 물론 운동을 해서 내 팔이 튼튼한 것도 있겠지만, 내 캐리어는 그 무게 자체가 꽤나 가볍다. 모델이라는 직업의 특성상 비행기를 타고 여러 지역을 이동할 일이 많은데, 그러면서 내가 터득한 즐거운 여행을 위한 방법 중 하나는 짐을 최대한 가볍게 꾸리는 것이다.

일단 캐리어가 가벼우면 위탁 수화물 추가 비용을 내지 않아도 된다. 보통 20킬로그램 정도가 추가 비용이 들지 않는 수화물 무게 기준인데, 사실 그보다 무거우면 저울 위에 올리기도 엄청 힘들다. 자칫하면 수화물을 부치려다가 허리를 삐끗

할 수도 있다. 요즘 1인 가구가 늘면서 5킬로그램 중량의 쌀이 많이 팔리는데, 들어보면 알겠지만 이 5킬로그램도 가볍지 않은 무게다. 그런데 20킬로그램이라니!

　이렇게 무거운 캐리어라면 무사히 목적지에 도착해 수화물을 찾을 때도 반갑다고 번쩍 들었다간 팔이나 허리 근육이 놀라기 쉽다. 공항 내에서는 그나마 바닥이 매끄러워 캐리어를 끌기 힘들지 않지만 공항을 빠져나와 택시를 탈 땐 트렁크에 짐을 싣기도 어렵다. 특히나 택시에 내려 대면하는 길은 울퉁불퉁하기 십상이다. 여행 중 숙소를 옮겨 다녀야 한다면 아마 캐리어는 1순위 원망 대상이다.

　나도 예전에는 무거운 캐리어를 들고 여행을 다녔다. 그리고 여행을 마친 후 집에 돌아와 캐리어를 열어 정리하면서 '대체 이걸 왜 가져갔었지?'라고 후회한 적이 한두 번이 아니다. 불쑥 꺼냈다가 입지 않고 다시 집어넣은 옷, 심지어 꺼내지도 않았던 신발, 뚜껑 한 번 안 연 화장품…. 여행 가서 들겠다며 옷장 깊숙이 넣어뒀던 가방을 꺼내 손질해서 가져갔다가 그대로 가져온 적도 있다. '여행 가면 꼭 들게 될 것 같아!'라고 생각했는데, 막상 가서는 평소 들고 다니던 가방만 들었던 것이다.

　특히나 가방은 옷장에서처럼 결국 캐리어 속에서 푹 자다

오는 일이 허다했다. 자잘한 소품들을 다른 가방에 옮겨 담는 것도 귀찮았던 것이다. 또 내 옷차림과 잘 어울리고 실용적이기까지 한 가방이 있는데 딱히 바꿔 들 이유도 없었다. 혹시나 하는 마음에 어쩌면 맬지도 모를 가방을 캐리어에 넣어 가지고 다닌 게 한두 번이 아니다. 물론 지금은 안 쓰는 가방 자체가 없으니 그럴 일도 없지만.

여행 가방에서 가장 먼저 빼야 할 것은 '~할 것 같은' 물건이다. 입을지도 모르는 옷, 들지도 모르는 가방 같은 것 말이다. 여행을 준비하다 보면 기분이 들뜨고, 평소에 하지 않던 일도 하게 될 것만 같다. 여행을 다녀본 사람들은 알겠지만, 안타깝게도 그런 일을 잘 일어나지 않는다. 어딜 가든 자신의 삶의 패턴은 쉽게 바뀌지 않는다. 그러니 여행 가방엔 '꼭 필요한 것'만 넣으면 된다. 혹시나 싶어 챙겼던 물건들을 다 덜어내고 나면 여행 가방이 꽤 심플해진다.

여행을 좀 해본 사람이라면 안다. 여행지에 가면 없을 것 같아 챙긴 물건이 사실 어디에나 있다는 사실을. 어디나 사람이 사는 곳이기 때문에 필요한 물건을 쉽게 살 수 있고, 그래도 없는 물건은 여행객끼리 쉽게 빌리고 빌려줄 수 있다. 유럽의 시골 마을이라면 한국 라면을 구하긴 좀 어렵지만 기왕 여행을 갔다면 현지 음식을 즐길 수 있는 기회라고 생각해보자. 몸살이 났을 때 한국 라면 하나가 얼마나 힘이 되는지 나 역시 잘 알고 있지만, 그렇다고 캐리어에 한국 반찬을 가득 채워 갈 필요는 없다. 개인차가 있겠지만 현지 음식이 영 입에 안 맞을 것 같다면 튜브형 고추장 하나면 충분하다. 일주일 이상의 장기 여행에서도 마찬가지다.

사실 내가 여행 가방을 가볍게 싸는 가장 큰 이유는 돌아갈 때를 대비한 것이다. 어딘가로 떠날 때는 캐리어가 가볍지만, 시애틀 집으로 돌아갈 땐 무겁다. 어딜 가든 여행을 마칠 때쯤이면 짐이 늘어나지만, 특히 한국에서 시애틀로 돌아갈 땐 기내용 캐리어 하나쯤은 거뜬히 새로 채울 정도로 무거워진다. 바로 한국에서만 구입할 수 있는 고추장, 된장, 간장 같은 전통 장 때문이다. 미국에도 아시아 마트가 있지만 맛있는 장을 구하긴 어렵다. 역시 장은 한국에서 사 가야 한다. 나는 한식을 주로 해 먹기 때문에 장이 중요하다. 전통 장들은 시간과 정성이 담겨 있어서인지 더 맛있다.

나는 한국에 오면 일단 장을 본다. 전통 장 말고도 몇 가지 요리 재료들을 산다. 사실 출국 직전에도 장을 보는데, 미국에선 살 수 없는 한국 요리 재료들을 사 가는 게 그렇게 뿌듯하고 기쁠 수가 없다. 한국에서 가져온 재료들로 요리하면 맛이

다르기 때문이다. 다양한 잡곡이며 미숫가루, 김 같은 건 아무리 사도 더 사 가고 싶다. 이렇게 장 본 것들을 가지고 출국할 때면 캐리어가 꽤 무거워졌는데도 발걸음이 가볍다. 여행을 떠날 때만큼이나 돌아가는 길이 즐겁다면, 말 다했지 뭐.

여행 가방이 심플할수록 여행지에서 산 물건들을 캐리어에 맘껏 담을 수 있다. 물론 꼭 필요한 물건에 한에서다. 물론 소비를 위한 소비가 되면 안 되겠지만. 뭔가 채워 오려면 비어 있어야 한다. 나처럼 요리를 좋아하면 요리 재료를, 커피를 좋아하면 커피를, 뭐든 다른 것으로 채워 올 수 있다. 여행 가방도 심플해야 채우는 기쁨을 누릴 수 있다. 마음이 가벼워야 여행지에서 추억을 가득 담아올 수 있는 것처럼.

내가 여행 가방에 꼭 챙기는 것은 이런 것이다. 페이스 오일, 크림, 클렌저 같은 스킨케어 제품. 나는 피부가 많이 건조한 편인데, 집에서도 여행을 가서도 쓰던 제품만 쓴다. 특히 외국에선 내 피부에 맞는 기초 화장품을 찾기 어렵다. 각 나라의 기후나 인종에 따라 피부가 달라서인 듯하다. 색조 화장품은 특별히 안 맞는 경우가 없지만, 색조 화장 자체를 잘 안 하니 더더욱 챙길 필요가 없다. 하지만 기초 화장품만큼은 꼭 평소에 쓰는 걸 챙긴다. 뭘 발라도 괜찮다고 방심하지 말자. 여

행지에서 피부가 나빠진 것만큼 속상한 게 없다. 사진도 잘 안 나오고, 나중에 괜히 피부 트러블이 생기면 병원이나 약국 가느라 돈도 시간도 허비하게 된다.

렌즈도 필수품이다. 나는 눈이 많이 나빠서 급히 렌즈를 구하기 어렵다. 특히 장기 해외 출장을 갈 땐 렌즈를 넉넉하게 챙긴다. 안경을 쓰고 쇼나 행사에 참여할 순 없는 것 아닌가. 이럴 땐 여벌의 안경도 필수다. 한국에서도 시력이나 렌즈 종류에 따라 안경을 맞추는 데 며칠을 기다려야 하는 경우가 종종 있는데, 외국에선 특히 더 그렇다. 안경 없이 활동이 어려운 시력이라면 만약을 대비하는 게 좋다.

기초 화장품과 렌즈, 안경을 챙기고 나면, 평상시 입을 가벼운 옷과 신발을 챙긴다. 나는 여행갈 때도 운동화를 빼놓지 않는다. 그 외엔 편하게 신고 다닐 플랫슈즈와 미팅에 필요한 힐을 챙긴다. 그렇게 가방 싸기는 끝!

여행을 다니기 시작한 초반엔 나도 샴푸, 린스, 책, 여벌 옷, 그리고 머리 끈까지 가방에 틈만 보이면 뭐든 챙겨 넣었다. 하지만 학창 시절 수학여행이나 MT 때를 떠올려보자. 남자들은 MT 때 양말과 칫솔만 들고 간다는데…. 생각해보면 진짜 뭘 안 가져가서 특별히 불편했던 적은 없었다. 요즘엔 어디로 여행을 가든 세면용품은 다 비치되어 있고, 수건도 넉넉하게 준다. '이걸 꼭 가져가야 할까?', '정말 쓰게 될까?' 이런 의문이 든다면, 그건 이미 없어도 되는 물건이다.

그럼 들고 다니는 손가방엔 뭘 넣으면 좋을까? 내 작은 손가방엔 페이셜 오일과 미스트가 있다. 기내가 워낙 건조하다 보니 피부가 금방 건조해져서 바삭바삭 마르는 느낌이 든다. 나처럼 피부가 건조한 사람에게 미스트는 필수다. 비행 중간중간 미스트를 자주 뿌린다. 페이셜 오일도 수시로 발라주면 피부가 훨씬 덜 건조해진다. 참, 미스트를 뿌릴 땐 옆 사람을 배려할 필요가 있다. 물방울이 튀는 것도 주의해야겠지만 향이 너무 과한 것도 비행기처럼 닫힌 공간에선 엄청 실례다. 미스트나 오일은 액체라 기내에 반입되는 용량이 정해져 있으므로 미리 작은 병에 담는 것도 잊지 말자. 평소에 피부가 건조하지 않은 사람이라도 장거리 비행에선 피부가 지칠 수 있으니 유의해야 한다.

또 기내에 들고 타면 좋은 물건이 뭐가 있을까? 목 베개가 있다. 비행이 편안했느냐 불편했느냐에 따라 여행지 도착 후 컨디션이 달라지니까 비즈니스석을 이용한다면 몰라도 편안한 비행을 위한 목 베개는 필수다. 목 베개는 비행 외에 여행지에서 버스를 타고 지역과 지역을 이동할 때도 요긴하다. 튜브로 바람을 넣고 빼는 휴대가 간편한 목 베개도 있으니 크게 짐이 되지 않는다.

소음에 민감하다면 이어플러그도 필요하다. 이어폰보다는 자기 귀 사이즈에 맞는 이어플러그가 좋다. 비행기에서 제공되는 이어폰이나 헤드폰은 오래 끼고 있으면 귀가 아프다. 무엇보다 음악이나 영화 대사를 오래 듣고 있으면 귀가 쉽게 피곤해진다. 귀는 머리 바로 옆이라 뇌도 쉬지 못한다. 기내에서 잘 때를 대비해 재질이 말랑말랑하고 귀 크기에 잘 맞는 이어플러그를 미리 챙기자. 항공사와 비행 시간에 따라 이어플러그를 나눠주는 경우도 있는데, 보통 사이즈가 통일되어 있고 딱딱해서 장시간 착용하기엔 불편하다.

여행갈 때 필요 없는 것과 필요한 것들을 얘기했지만, 제일 중요한 것은 이것이다. 바로 짐 싸느라 스트레스 받지 않는 것! 없으면 없는 대로, 있으면 있는 대로 즐거운 게 여행이다. 여행을 즐길 마음의 준비만 되어 있다면, 가방이 심플할수록 여행의 즐거움은 다양해질 것이다.

선물은 상대에게
꼭 필요한 것으로

선물을 주는 사람의 가장 큰 기쁨은 뭘까? 바로 선물을 받는 사람의 기쁜 얼굴이 아닐까. 나는 지인들에게 선물하는 걸 좋아하는 편이다. 여러 도시를 다닐 때마다 그 나라에서만 살 수 있는 게 뭐가 있을까 고민하다가 언제부터인가 그 나라의 도시가 그려진 티셔츠를 지인들에게 사다 주곤 했다. 구하기 어려운 것이니 분명 받는 사람도 좋아할 거라고 생각한 것이다. 또 파리에선 에펠탑 열쇠고리를 샀고, 베네치아에선 작은 가면을 사기도 했다. 그 도시의 특성이 담긴 선물이 제대로 된 기념품이라고 생각해서.

그러던 어느 날. 한번은 친구에게 옷을 선물 받은 적이 있었다. 분명 친구가 나를 생각하며 열심히 골랐을 게 분명한데, 무채색을 즐겨 입는 내 취향엔 전혀 맞지 않는 옷이었다. 친구의 성의를 생각해서 언젠가 입겠지 하며 옷장에 걸어두었다. 그리고 얼마 뒤 그 친구와 만나기로 해 선물 받은 옷을 입어보았다. 그런데 다시 봐도 내 취향이 아니었다. 어울리는 하의를 찾기도 힘들었다. 결국 한참을 고민하다 평상시 내 스타일대로 입고 나갔다. 친구는 내게 선물한 옷을 잘 입고 있느냐고 묻지 않았지만, 친구에게 선물 받은 옷을 잘 입고 있다는 걸 보여주지 못한 미안한 마음에 그 친구와 같이 있는 내내 좌불안석이었다.

집에 돌아와 옷장을 열고 그 옷을 꺼냈다. 아무리 친구에게 미안해도 내가 입을 순 없을 것 같았다. '이 옷을 잘 입을 만한 사람에게 줄까?' 하는 생각도 했지만 선물이라 그러기도 어려웠다. 만약 친구가 내게 선물한 옷을 다른 사람이 입은 모습을 본다면? 상상하기도 싫었다. 그 옷은 오랜 시간 옷장에 걸려 있었고, 옷장 정리를 하면서도 어쩌지 못하고 계속 남겨두었다. 친구가 알면 얼마나 서운할까 하는 생각이 들었지만 내게 어울리지 않는 옷을 선뜻 입기도 그랬다.

덕분에 옷 선물이 취향이 맞지 않으면 상대방에게 얼마나 부담일 수 있는지 깨달았다. 심지어 내가 지인들에게 선물한 옷은 도시 이름이 크게 쓰여 있거나 지도가 그려져 있는 옷이 아니었던가. 아마 내게 옷 선물을 받았던 사람들도 나처럼 그 옷을 어쩌지 못하고 있을 거란 생각이 들자 너무 미안했다. 그 뒤로 어느 도시에 가든 그 도시의 상징이 그려진 티셔츠는 절대 사지 않는다. 지인들에게 어떤 선물을 하는 게 좋을지 생각해보게 된 사건이었다.

이제는 지인들에게 줄 선물로 뻔한 장식품도 사지 않는다. 여행 갔을 때 정말 좋아 보여서 산 장식품이 집 안 한구석에서 먼지와 하나가 된 경험이 누구나 한 번쯤은 있을 것이다. 추억이 담긴 장식품인데도 시간이 지날수록 그 기억마저 가물가물하다면, 그런 기념품은 상대에게 정말 짐이 될 수 있다.

몇 년 전부터는 미국에서 유행하는 화장품인데 한국에서는 구입이 어려운 것을 한국의 친구들에게 선물했다. 화장품은 소모품이라 늘 새로 필요하다. 나는 쉽게 구할 수 있는데, 한국에서는 쉽게 구할 수 없는 거라면 주는 사람도 받는 사람도 기분이 좋을 거라 생각한 것이다.

하지만 화장품도 내가 경험해보고 나니 그다지 좋은 선물이 아니라는 것을 깨달았다. 나는 피부가 워낙 예민한 탓에 맞지 않는 브랜드가 몇 개 있다. 그런데 어느 날 내게 맞지 않는 브랜드의 화장품을 선물로 받은 것이다. 주는 사람 입장에서는 좋은 브랜드니 당연히 잘 맞을 거라 믿고 선물했겠지만, 예민한 내 피부 탓에 이 화장품을 바르면 어떤 일이 벌어질지 알기 때문에 쓸 수가 없었다. 친구의 마음은 정말 고마운데 그렇다고 고마운 마음에 쓸 수만도 없었다. 정말 난처했다. 그 뒤로 화장품도 쉽게 선물하면 안 되겠다는 생각이 들었다.

선물을 할 때는 받는 사람의 평소 성향도 고려할 필요가 있다. 내 지인들은 내가 커피를 매우 좋아한다는 것을 잘 알고 있다. 그래서 종종 커피를 선물 받는데, 다양한 커피를 맛볼 수 있어서 정말 반갑고 좋다. 그런데 한번은 루왁 커피를 선물로 받았다. 아주 비싸고 귀한 거란 말과 함께. 대체 어떤 커피이길래 그렇게 비싸고 귀한지 한번 찾아봤다.

사향 고양이가 커피 원두를 먹으면 소화를 못 시켜 변으로 배출된다고 한다. 정확히는 변 속에 원두가 들어 있는 셈이다. 이 원두로 내린 커피는 향이 정말 좋아서 마니아도 많은데, 생산량이 적어 비싸다고 했다. 아마도 처음에 사향 고양이의 변에서 커피 원두를 찾아 추출한 커피를 마신 것은 우연이었을 것이다. 커피 채취 과정이 이처럼 자연스러웠다면 나도 아마 감사히 마셨을 것이다. 그런데 자연에서 루왁 원두를 채취하기는 정말 어려워서 생산량을 늘리기 위해 사향 고양이를 잡아다가 커피콩을 먹이로 준다는 것을 알게 되었다.

배고픈 사향 고양이는 열심히 커피콩을 먹지만 소화가 되지 않아 커피콩이 통째로 계속 변으로 배출된다. 아무리 열심히 먹어도 배가 고플 사향 고양이가 눈에 떠올랐다. 비쩍 말라 죽기 직전까지 작은 철창에 갇혀 살기 위해 커피콩을 먹는다고 생각하니 눈물부터 났다. 나는 그렇게 만든 루왁 커피를 마시고 싶지 않았다.

모델이라는 직업적 특성상 나는 천연 모피 코트를 입고 무대에 서야 하는 날도 있고, 천연 가죽 재킷을 입고 사진 찍는 날도 있다. 하지만 내 손으로 천연 가죽이나 모피 옷을 사지 않으려고 노력하고 있다. 나름의 노력인 것이다. 앞에 나서서 동물 보호를 외치지는 못하지만 나는 동물이 정말 좋다. 그런 내가 동물을 희생시켜 만든 커피를 마실 수는 없었다. 어차피 채취한 거니 마시는 게 어떠냐고 생각할 수 있지만 나에게 루왁 커피는 이미 단순한 커피가 아닌 사향 고양이의 눈물이었다. 그런 생각을 하니 루왁 커피를 단 한 방울도 마시고 싶지 않았다.

그렇다고 선물을 준 사람의 마음을 생각하니 그냥 버릴 수도 없었다. 그렇게 오랜 시간을 찬장 한쪽에 두고 계속 보면서 준 사람의 마음을 감사히 받았다. 커피는 결국 유통기한이 지나서 버렸다.

요즘 내가 미국 친구들에게 자주 하는 선물은 김이다. 요즘 부쩍 김 선물을 좋아하는 미국 친구들이 많아졌다. 김을 원래 좋아하는 친구들은 내 선물이 미국 내 아시아 마트가 아니라 한국에서 직접 사 온 거라 좋아한다. 김을 먹어보지 않은 친구들 중에서도 어떤 건지 궁금했는데 잘됐다면서 좋아하는 경우도 있다. 나는 친구들에게 김을 선물로 주기 전에 혹시 안 먹을지도 몰라 김이 싫으면 다른 선물이 있다고 얘기하는데, 대부분은 좋아한다. 우리에겐 익숙한 김 모양을 이상하게 생각하는 외국인들도 많다. 먹기 전에 겁내는 친구들도 꽤 있다. 하지만 처음 먹어보는 사람은 있어도 한 번만 먹어본 사람은 없을 정도로 김은 외국인들이 꽤 선호하는 식품이다. 짭짤하고 고소한 조미김은 한글로 상표가 쓰여 있어서 특산품 분위기도 난다.

외국 친구들에게 선물을 할 때 우리나라의 특별한 음식을 선물하면 받는 사람의 기억에도 오래 남는다. 물론 그 특산품도 기호에 따라 상대에게 선물이 아니라 골칫거리가 될 수도 있다. 번데기나 닭발은 우리나라에서도 기호가 있는 음식이다. 외국 친구들에겐 더 별로다. 요즘 유튜브에 한국 음식을 먹고 소감을 얘기하는 외국인 영상들도 많으니 참고하면 좋다.

한국의 친구들에게 하는 선물은 또 다르다. 시애틀은 스타벅스가 유명하다. 파이크 플레이스 마켓의 스타벅스 1호점에 가면, 그곳에서만 파는 컵이나 텀블러가 있다. 나는 시애틀에 살다 보니 익숙해서 몰랐는데, 친구들이 시애틀에 놀러 오면 꼭 거길 들르고 싶어 했다. "난 커피 없이 못 살겠어"라고 할 만큼 커피를 좋아하는, 아니 사랑하는 친구가 있다. 그 친구에게 시애틀 스타벅스에서만 파는 원두커피를 사다 준 적이 있다. 한국에선 구할 수 없는 거라며 친구가 얼마나 좋아했는지 모른다.

커피를 좋아하거나 스타벅스를 좋아하는 친구라면 원두를 사다 주지만, 그렇지 않은 친구들에게는 컵이나 텀블러를 사다 준다. 요즘에는 개인 텀블러를 가지고 다니면서 환경 보호에 동참하는 사람들이 많아서 아주 유용한 선물이 된다. 텀블러나 컵은 선호가 분명하지 않은 일상 용품이라 선물 받은 사람들이 대부분 좋아하는 편이다. 하지만 컵이나 텀블러가 아닌 주방 용품이라면 개인마다 선호하는 색상이나 브랜드가 있기 때문에 고민이 좀 필요하다.

컵이나 텀블러를 선물할 때도 나는 이런 말을 덧붙인다. 시애틀에서만 파는 거라 샀는데, 네가 안 쓰면 주변에 다시 선물해도 된다고. 선물을 주는 순간, 주는 사람이나 받는 사람이나 이미 기분이 좋아진다. 다만 그 친구가 이미 쓰고 있는 텀블러가 있어 여분의 텀블러가 반갑지 않을 수도 있다. 그래서 내가 선물한 텀블러를 찬장에 두고 어쩌지 못한다고 생각하면 선물한 내가 미안해진다. 선물이란 일단 서로 부담되거나 불편하면 안 되니까. 내 선물이 자신에게 필요가 없으면 다른 사람에게 마음 편하게 주는 게 더 좋다고 생각한다. 그럼 나와 친구는 물론 친구가 선물 받은 물건을 다시 선물한 친구까지 세 명이 행복해질 수 있는 셈이니까.

선물은 참 조심스럽다. 그 사람이 정말 좋아할지, 그 물건이 필요한지, 또 기호에 맞는지를 알기가 어렵기 때문이다. 그래서 되도록 상대의 평소 취향을 잘 눈여겨보았다가 선물을 한다. 좋아하는 색상, 입맛, 취향 같은 것을 유심히 살폈다가 그에게 꼭 필요한 걸 선물하면, 받는 사람이 기뻐하는 모습을 보고 나도 배로 기분이 좋아진다. 그와도 더 가까워지는 기분이 드는 건 덤이다. 받는 사람도 기분 좋고 주는 나도 기분 좋은 선물. 조금만 세심하게 마음을 쓰면, 기쁨이 오가는 선물이 될 수 있다.

편견과
고정관념을 버리길

모델을 시작한 지 얼마 안 됐을 때 나는 늘 비슷한 메이크업과 헤어스타일을 했었다. 활동 초반 화보들을 보면 하나같이 아이라인이 길게 그려져 있다. 헤어스타일은 둘 중 하나였다. 게이샤처럼 스트레이트로 길게 쭉 편 스타일, 아니면 깔끔하게 빗질해서 높게 묶은 포니테일.

동양인이 아닌 외국 모델들은 다양한 스타일로 콘셉트를 표현하는데, 나는 어느 디자이너 어느 쇼든 콘셉트가 딱 정해져 있었다. 모델계가 생각하는 '동양인' 이미지에 나를 맞춘 것이다. 동양에 대한 모델계의 고정관념을 화장이나 머리 모양에서 여과 없이 느낄 수 있었다. 그런 식의 차별은 꽤 오래 지속됐다.

당시 활동하는 한국 모델이라곤 나 혼자이다 보니 백스테이

지나 오디션 장에서 많은 외국 모델과 마주쳤지만, 나 역시 아마 저 사람들도 내가 동양인이라 분명 호의적이지 않을 거라는 편견이 앞섰다. 여기엔 학교 다닐 때부터 느낀 동양인에 대한 무시도 한몫했다. 굳이 먼저 다가가 친해지려 했다가 거부당하고 싶진 않았다.

그러던 어느 날이었다. 백스테이지에 혼자 앉아 있는 나를 향해 한 백인 모델이 먼저 다가오더니 어느 나라에서 왔느냐고 물어온 것이다. 현장에서 유일한 한국인인 나를 스스럼없이 대하는 그 친구의 태도에 나도 모르게 벽이 허물어졌다. 오히려 내가 백인은 고압적이고 냉소적이라는 선입견을 가진 것은 아니었을까. 어쩌면 나 스스로 동양인인 나를 차별해왔던 건지도 모른다.

지금은 마음의 문이 열려서인지 한국 모델보다 외국 모델 친구가 훨씬 많다. 해외 활동이 많은 것도 한 이유일 것이다. 러시아, 미국, 캐나다, 프랑스, 브라질, 남아프리카공화국, 자메이카 등등 다양한 국적의 친구들이 있다. 이들과의 교감은 내 삶에 자극이 되고 식견이 넓어지는 계기가 된다. 어떻게 보면, 국적이나 피부색도 각자 집안의 성을 갖고 있는 것처럼 개인을 식별할 수 있는 작고 사소한 기준이 아닐까 생각해본다.

많은 사람이 패션업계 사람들은 차갑고 예민할 거라고 생각한다. 나 역시 그랬다. 그런데 이런 생각은 젬마 워드와 릴리 도날슨을 만나기 전까지다. 나는 모델 에이전시에 들어간 지 한 달도 되지 않아 포토그래퍼 스티븐 마이젤과 촬영하게 되었다. 세상에, 맙소사. 패션 사진계의 일인자인 스티븐 마이젤과의 작업이라니. 게다가 모델 톱 랭킹을 앞다투던 젬마 워드와 릴리 도날슨과 함께라니. 그때 나는 모델로서 첫 촬영이었다. 지금 생각하면 이게 웬 로또냐, 하며 그들의 포즈나 연기를 눈에 불을 켜고 탐구했어야 했는데…. 그때는 주눅이 들기도 했지만 동시에 질 수 없다는 생각밖에 없었다. 그런데 점심시간이 다 되도록 촬영 진행이 매끄럽게 진척되지 못했고, 나는 이게 다 나 때문인 것만 같아 걱정되고 미안한 마음에 잔뜩 긴장한 채 혼자 의자에 앉아 있었다.

그때였다. 누군가 접시에 샐러드와 고기를 가득 담아 내미는 게 아닌가. 고개를 들어 보니 젬마 워드와 릴리 도날슨이었다. 그녀들은 촬영을 끝까지 잘 마무리하려면 잘 먹어둬야 한다며 의기소침해 있던 나를 다독여주었다. 그제야 긴장이 풀렸다. 생각해보니 두 톱 모델은 오전 내내 내 옆에서 이건 이렇게 하는 거야, 이럴 땐 이런 포즈가 좋아, 라며 자세를 바로잡아주고 내가 촬영 환경에 익숙해질 때까지 기다려주기도 했다.

앞으로 잘될지 알 수도 없는 신인 모델에게 보여준 그녀들의 배려는 10년이 지난 지금도 생생하게 내 기억에 남아 있다. 나도 언젠가 신인 모델과 촬영하게 된다면, 그를 배려하고 돕겠노라고 한 그때의 다짐도 잊지 않고 있다. 찬바람 쌩쌩 부는 냉랭하고 경쟁이 치열한 모델 세계도 밖에서 보는 것과는 달리 배려와 우정이 있고 가끔은 눈물이 날 정도로 애틋하기까지 하다.

흔히 말하듯 편견과 고정관념은 색안경을 쓰는 것과 같다. 그 사람이 정말 어떤 사람인지는 겪어봐야 아는 것이다. 우리는 겉으로 보이는 그의 일면만 보고 판단하고 평가해서 오히려 그와 좋은 친구가 될 수 있는 기회를, 그에게 많은 것을 배울 수 있는 기회를 잃기도 한다. 예전의 나처럼.

상처는
상처로 남기지 말길

누군가에게 미움을 받는다는 것은 어느 누구에게나 두려운 일일 것이다. 그래서 용기라고까지 표현하는 게 아닐까. 생각해보면 나는 그 '용기'를 일찌감치 배운 케이스이기도 하다. 어릴 때 겪어야 했던 인종차별 덕분에. 우리나라처럼 단일민족국가에서 살면 인종차별이라는 말을 체감할 일이 거의 없다. 하지만 외국에 나가본 사람들은 한번쯤 경험이 있을 것이다. 내 경우 중학교 때부터 미국에 살면서 말도 다르고 외모도 다른 사람들 틈에서 인종차별을 당한 경우가 적지 않다. 덜 상처 받고 덜 외로워하려고 부단히도 노력했다.

어릴 적 내가 살던 유타 주에는 우리 가족 외에 한국인이 없었다. 학교에서는 나와 남동생까지 포함해 동양인이 다섯 명밖에 없을 정도로 유독 백인이 많은 지역이었다. 상황이 이렇다 보니 백인우월주의 문화가 강했다. 백인 아이들이 내게 아무렇지 않게 가시 돋친 농담이나 비웃음을 던졌고 이유 없이 툭 치고 가는 일도 허다했다. 나중에 성인이 돼서 사람들에게 유타에서 자랐다고 하면, 백인우월주의가 강한 곳에서 어떻게 무사히 클 수 있었느냐고 신기해할 정도였다.

고등학교를 졸업할 무렵의 일이다. 나는 백인 아이들에게 지기 싫어서 공부만큼은 누구보다 열심히 했다. 열심히 한 만큼 성과가 있었고, 고등학교를 졸업할 때는 미술 과목 성적 우수자로 장학금을 받게 됐었다. 그런데 학교에서 장학금은 미국 시민권자에게만 수여한다는 규정이 있어 나에게는 상패와 상장만 해당된다고 알려왔다. 장학금은 2등이었던 미국 학생에게 돌아갔다. 분했다. 나는 그간의 내 노력을 학교 측이 인정하지 않는 것으로 느껴져 억울하고 분했다. 장학금을 받지 못한 게 문제가 아니었다. 하지만 당시 내가 할 수 있는 일이라곤 부모님을 앞세우는 것이었는데, 그것도 부모님께 못할 짓 같았다. 결국 여러 복합적인 마음으로 졸업식 단상에 오르게 되었다.

그런데 그때였다. 떨떠름한 표정으로 단상에 오른 나를 향해 박수가 터져 나왔다. 친구들이었다. 몇몇은 자리에서 일어나기까지 하며 힘껏 박수를 보냈다. 학창 시절 나에게 그렇게 냉소적이었던 아이들에게 축하를 받은 것이다. 그 순간, 나는 힘들었던 지난 시간들을 보상받는 기분이 들었다. 그 시간들이 값지게 느껴졌다. 나는 그 시간을 묵묵히 견딘 덕에 학업적으로 또 정신적으로 성장할 수 있었다. 만약 아이들이 나를 싫어하고 미워한다는 것에 두려움을 느끼고 원망하며 사춘기 시절을 보냈다면, 이런 날은 오지 않았을 것이다. 또 나를 응원하는 가족들에게도 미안했을 거고 무엇보다도 훗날 내 자신에게 미안했을 것이다.

물론 학교를 졸업했다고 인종차별이 끝난 건 아니었다. 모델이 되고 나서 차별을 당한 횟수는 줄었지만, 그 차별은 확실히 더 강력하고 냉혹했다. 한 브랜드 광고 촬영 때의 일이다. 5일짜리 스케줄로 사흘은 여자 모델, 이틀은 남자 모델이 촬영하기로 했다. 나는 첫날 새벽부터 메이크업과 헤어를 손보고 대기하고 있었다. 그런데 저녁 늦게까지 옷 한번 입어보지 못하고 대기만 하다 촬영이 끝났다. 호텔에 돌아와 메이크업을 지우며 나는 내일 찍겠지라고 생각했고, 다음 날이 되자 다시 새벽부터 촬영장에 가서 대기했다. 하지만 마찬가지였다. 한 번의 피팅도 없이 의자에 앉아 대기만 하다가 끝났다. 그리고 그다음 날이었다. 역시 새벽부터 현장에 나가 대기하고 있었는데, 얼마나 지났을까. 스타일리스트가 내가 영어를 잘 못한다고 생각했는지, 바로 옆에서 디자이너와 통화를 하고 있었다. 보통 디자이너는 촬영장에 오지 않는다. 그런데 디자이너가 왜 지금까지 촬영한 사진에 혜박이 없느냐고 물은 모양이었다. 스타일리스트는 날 의식하지 않고 이렇게 말했다. "혜박은 다 입혀봤는데 어울리는 옷이 하나도 없더라고요. 그래서 촬영할 수가 없었어요."

입은 옷이 없는데, 어울리는 옷이 없다니! 그 스타일리스트는 애초에 동양인인 너는 소화할 수 없을 거야라고 생각한 것이 아니었을까. 나는 며칠 연속 촬영장 의자에 앉아 오만가지 생각을 하며 초초한 마음으로 기다렸다. 그날 밤 호텔에 돌아와 짐을 싸면서 이런 환경에서 내가 모델 생활을 계속할 수 있을지 막막했다. 좌절감이 밀려왔다.

그리고 나흘째. 남자 모델 촬영 스케줄 날, 현장에서 연락이 왔다. 디자이너가 스타일리스트와 포토그래퍼에게 반드시 혜박 사진을 찍어 보내라고 했다는 것이었다. 어떻게든 찍으라는 디자이너의 말에 남자 모델 촬영 스케줄 중간에 나는 사진을 찍을 수 있었다. 이날 찍은 사진이 생각보다 평이 좋아서 이후 내게 여러 기회를 만들어주기도 했다.

사실 그때 나는 스타일리스트의 통화가 끝나자마자 따질

수도 있었다. 또 에이전시에 이야기해서 항의를 할 수도 있었다. 하지만 그렇게 하지 않은 이유는 나를 차별한 스타일리스트의 선입견 하나 바꾸자고 문제가 불거지게 만드는 건 결국 나에게 좋지 않을 거라는 생각에서였다. 선입견에서 비롯된 그녀의 거짓말 한마디를 붙들고 따져서 촬영을 했더라도, 그렇게 예민해진 마음 상태로는 제대로 된 좋은 사진이 나오지 못했을 테니까. 그렇게 되면 그야말로 그녀의 거짓말을 기정사실로 만들어버린 셈이 되지 않았을까.

학창 시절, 그리고 모델 일을 하면서 지금까지 적지 않은 차별과 무시, 시기와 질투를 겪었다. 하지만 상처로 남기지 않았다. 아프고 서럽고 억울하지만 끌어안고 있어봤자 더 상처가 될 뿐이다. 실컷 울고 툭툭 털어버리자. 다시 시작하면 그만이니까. 부정적인 생각을 끌어안고 부정적인 말을 내뱉어봤자 그 말을 가장 먼저 듣는 건 바로 나 자신이다. 그런 부정적인 말은 기분을 더 가라앉게 만들고 부정적인 생각을 더 키운다. 악순환에 빠질 뿐이다. 그러니 아예 부정적인 감정 자체에 연연하지 않으려고 노력한다. 이 또한 지나고 나면 결국 추억이 되고 다른 어떤 좋은 일의 계기가 되겠지, 하고 넘기면 내일이 훨씬 가벼워진다.

어차피 나에게 상처를 준 사람은 자신이 얼마나 나를 아프게 했는지 모를 것이다. 그런 사람에게 감정과 시간을 낭비하느니 나 자신과의 관계를 돈독히 하는 게 낫지 않을까.

관계에서
중요한 것은 무엇일까

종종 미국 친구와 한국 친구가 서로 다른 점이 무엇인지 묻는 사람들이 있다. 아마도 특징을 물어보는 것일 텐데, 나는 크게 봤을 때 좀 다른 부분이 있다면 사고방식과 문화라고 생각한다.

미국 친구들의 경우 한국 친구들만큼 속사정을 잘 알지 못한다. 딱히 우정의 깊이 차이라기보다 어쩌다 속사정을 알게 돼도 모르는 척하는 게 미국의 문화다. 미국 영화나 드라마를 보면 서로 오랜 시간 친하게 지낸 친구끼리 이야기하다가도 결정적인 순간에 '뭐? 너에게 그런 일이 있었어?'라고 하는 장면들이 있는데, 그런 식으로 이해하면 될 듯하다. 개인적인 어려움이나 하소연을 털어놓고 또 들어주기보다 짐짓 서로 아무 일도 없는 척하거나 모른 척하는 것. 이는 혹여 상대에게 짐이 되기 싫어서 그런 것일 수도 있고, 서로 안 좋은 부분을 보여주기 싫어서 그런 것일 수도 있다. 나도 처음에 미국 친구들을 겪으면서 자신의 논리적인 생각은 잘 얘기해도 속마음을 잘 얘기하지 않는 걸 보곤 나와 친해질 생각이 없는 줄 알았지만, 그냥 문화 차이였다. 미국 친구들은 무언가 자신의 비밀을 공유해야만 특별한 사이가 된다는 생각은 하지 않는다.

나도 한국 사람이라 어떤 비밀을 공유하면 아무래도 나를 더 신뢰한다는 생각도 들고, 관계가 깊어진다는 느낌도 들 때가 있다. 심리적으로 의지할 사람이 있어야 든든한 마음을 느끼는 것도 분명하다. 하지만 이런 일이 잘못 확대되면 뒷담화가 되기도 한다. 누군가와 어떤 사람을 싫어하는 속마음을 공유하는 것까지는 괜찮겠지만, 나 개인적으로는 이렇게 누군가를 뒷담화하며 친해진 사이는 불완전하고 불안하지 않을까 싶다. 근거 없는 추측성 이야기로 이어지는 것이 불편하기도 하고.

비밀이라는 말에는 집착이라는 꼬리표가 달렸나 보다. 친구는 물론 남녀 사이에서 특히. 오늘은 누구를 만나고 무슨 일을 하는지, 지금 걸려온 전화는 누구인지 등등 애정 어린 궁금증과 과한 호기심의 경계를 넘는 상황들을 종종 봐왔다. 그런

'애정의 정보'가 제대로 공유되지 않으면 '내가 모르는 게 말이 돼?' '왜 나한테 말 안 했어?' '어떻게 나한테 그럴 수가 있어?'라는 책망이 따라온다. 너와 나는 어떤 비밀도 없어야 하는 사이라고 생각하니까. 글쎄, 사귀는 사이라는 게 원래 그래야만 하는 거였나.

연인에서 부부가 되면 그 비밀이라는 경계가 모호해진다. 대체로 모든 일상을 공유하게 된다. 밖에서 일할 때야 각각 개인지만, 집에 들어와서는 매일을 같이 지내니 말이다.

밖에서 다른 사람들과 고민을 나누고 속마음을 이야기하는 게 힘드니 부부 간에 더 기대고 의지하는 부분도 있다. 하지만 서로의 성격이나 다른 기준을 존중하지 않고, 우리 부부는 어떤 '사이'가 되어야만 한다는 생각이 커지면 집착이 되기도 한다. 그래서 연애를 하며 서로를 알아갈 때의 마음 그대로 서로를 이해하고 맞추려는 노력이 필요하다. 말이 쉽지, 막상 결혼해보니 정말 쉬운 일이 아니다.

아무래도 가장 집착하게 되는 관계는 '부모와 자식' 간이 아닐까. 특히 결혼 후에는 이상적인 관계, 이상적인 가족의 모습을 설정해놓고 거기에 도달하려고 서로 요구하고 맞추려다가 불협화음이 나는 경우가 많다. 온라인상에서만 봐도 시대이

나 처가, 친정 사이에서 벌어지는 갈등 때문에 힘들어하는 사람이 얼마나 많은가. 흔히 미국은 개인주의적이라고 하는데, 그런 문화 때문인지 신혼 초 금전적으로 독립이 어려워 부모님과 같이 사는 경우에도 얹혀살거나 모시고 산다는 느낌을 찾기 어렵다. 최소한의 생활비나 집세를 내기 때문이다. 우리 눈에는 다소 정 없어 보일지 몰라도 미국에선 당연하다. 그래야 서로 부담이 없으니까. 부모 입장에서는 자식에게 자립심을 키워주고, 자식 입장에서는 자신의 삶에 좀 더 책임지는 방식이기도 하다.

부모에게 기대고 의존하다 보면 부모도 마찬가지로 자식에게 기대고 의존하게 된다고 한다. 자식은 부모를 부양해야 한다는 의무감이, 부모는 부모대로 뭐라도 보태줘야 한다는 의무감이 생기는 것이다. 하지만 그런 부담감으로 관계를 지속하는 것보다는 각자가 자신의 삶을 오롯이 잘 살아나갈 때 서로에 대한 사랑도 다치지 않을 거라 생각한다. 기대하고 실망하고, 또 기대하고 실망하고, 그것이 반복되어 관계가 불편하다면 그건 사랑이 아니라 부담 그 자체가 아닐까.

사람과 사람 사이 관계에서 서로가 힘들 때 적절하게 버팀이 되고 위로를 전하는 존재가 되고 싶은 마음과, 너에게 내가 어떤 특별한 존재가 되어야만 하고 우리가 어떤 사이가 되어야 한다는 마음은 차이가 크다.

우리라는 둥그런 원을 그린다면, 그 원이 좀 더 넓기를 바란다. 너와 나 사이의 간격이 좁기보다는 너와 나를 그 넓은 원 안에 두기를 바란다. 그 둥그런 울타리 안에서 서로가 자유로울 수 있도록 한다면 울타리를 뛰쳐나갈 일은 없을 테니. 그럼 좀 더 편안해지지 않을까. 너랑 나랑은 그래야 하는 사이가 아니라 그럴 수도 있는 사이라고, 편안하게 말이다.

사소한 실망에
대하여

어차피 인생은 혼자야, 라는 말을 사람들은 습관처럼 한다. 남에게 기대지 말고 스스로의 힘으로 살아야 한다는 뜻이라는데 나는 왜 그 말이 외롭다, 상처 받았다, 라고 들리는지. 혼자인 자신이 건강한, 완벽한 자존감으로 사는 사람이라면 그런 말은 하지 않을 텐데 말이다. 아마 누군가에게 실망해버린 뒤 튀어나온 탄식이 아닐까.

오래 살았다고 할 순 없지만, 나 역시 그동안 사적으로든 일적으로든, 많은 관계에서 실망과 배신감을 적지 않게 느껴왔다. 돌이켜보니 학창 시절에는 일찍이 외국 생활을 하면서 친구 한 명 한 명이 무척 귀하고 소중해서 작은 일에도 크게 소외감을 느끼고, 모델 일을 시작하고 나서는 동양인으로서 겪는 차별에 주위 사람들에게 더 의지해서 사소한 일에도 크게 실망했던 것일지도 모른다. 좋은 마음으로 작은 인연이라도 오래 끝까지 가는 것이 미덕이라 생각하고 살았지만 상황과 환경은 내 진심과는 다르게 흘러갈 때도 많았다. 모두가 내 마음 같지는 않았다.

한번은 정말 친한 친구를 잃을 뻔한 적이 있었다. 누구에게나 인생의 속살과 민낯을 그대로 드러내 보이는 친구가 있지 않은가, 마치 가족처럼. 이 친구가 내게는 그런 존재였다. 뭐든 솔직하게 말하고 그런 나를 이해해주고 위로해주는, 절대적인 내 편. 그런데 어느 날 이 친구가 다른 친구에게 나에 대해 이야기하다가 작은 불만들을 내비쳤다는 사실을 알게 됐다. 내게는 직접 말하지 않던 나에 대한 불만. 몰랐으면 더 좋았을 것을…. 그 일을 알고 나는 혼자 얼마나 울고 또 울었는지 모른다. 네가 어떻게 나한테 이럴 수 있느냐, 내가 너를 얼마나 믿었는데, 네가 그러고도 내 친구냐, 하며.

그땐 왜 그렇게까지 친구를 배신자 취급하며 미워했는지. 그러다 깨달았다. 내가 이렇게 울며불며 하는 이유는 그 친구에 대한 실망보다 그 친구를 잃을까 봐 두렵기 때문이라는걸. 그길로 친구를 찾아가 내가 다른 친구에게 나에 대해 무슨 얘기를 했는지 이미 다 알고 있다며, 나는 너와 끝을 보자는 게 아니라, 너를 잃고 싶지 않다는 말로 이야기를 시작했다. 많은 일이 그렇듯, 우리의 일도 오해가 뒤섞여 이 지경까지 온 것일 뿐이었다. 우리는 서로를 부둥켜안고 내가 잘못했다, 아니다 내가 잘못했다, 한참을 고해성사 아닌 고해성사를 하며 서로가 얼마나 소중한지 확인했다.

그때 내가 친구를 타박하고 다시는 보지 말자고 했다면, 못된 친구 하나를 제거한 게 아니라 내 삶의 좋은 추억과 시간의 한 부분을 잃어버린 셈이었을지도 모른다. 극단적으로는 다른 친구도 믿지 못하고, 혼자 벽을 쌓고 살았을지도 모른다. 이제와 생각해보면 네가 나한테 어떻게 그럴 수 있느냐니, 아니 그럴 수 없긴 왜 없어, 하며 피식 웃음도 난다.

일을 할 때도 관계가 중요하다. 서로 신뢰하지 못하는 상태로 일을 한다는 건 참 어려운 일이다. 상대를 의심하고 저 사람의 말이 진심인지 따져보다 보면 일의 완성도가 떨어진다. 내가 말하는 일의 완성도란 보통 그 분야의 전문가나 최고라고 손꼽히는 사람들과 일하기를 원하는 것과는 다른 의미다. 경력이나 실력이 보장된 이들보다 정직한 파트너십을 중요하게 여기는 이들과 작업할 때 결과도 좋다. 그래서 나에게는 이런 것이 더 중요하다.

내 경우에는 특히 세계 여러 나라의 디자이너 그리고 패션 업계 사람들과 함께 일하는 경우가 많아서 에이전시와의 관계가 몹시 중요한데, 여러 시행착오 끝에 이제는 나와 손발이 잘 맞는 이들이 어떤 사람들인지 알게 됐다. 일에 대해 신속한 생산성보다 분명한 소통을 더 중요하게 생각하는 사람들이다.

내가 이런 생각을 갖게 된 데에는 남편의 솔직한 조언 덕이 크다. 남편을 만나기 전에는 대부분의 일을 스스로 결정했다. 그 과정들이 늘 평탄하지만은 않았다. 사람들에게 실망하고 돌아서서 씁쓸함을 삼키는 일도 많았다. 그러면서 나도 모르는 사이 작은 경계심과 걱정들이 생겼는지, 새로운 사람들과 일을 시작할 때면 늘 두려움과 걱정이 앞섰다. 좋은 사람들, 믿을 수 있는 사람들을 만나야 할 텐데 하면서 말이다.

그런 나를 보며 남편은 그저 괜찮다, 다 잘될 것이다, 라는 격려보다는 조금은 단호할 정도로 중요한 부분들을 콕 짚어 말해주었다. 걱정보다 먼저 기대하는 마음을 갖는 것부터 시작하자고, 모르는 일들과 이해되지 않는 부분들은 충분하게 물어보고 꼼꼼하게 들어보면 될 일이라고, 그러면 그다음에 차분하고 자연스럽게 결정하도록 돕는 사람들이 누구인지 보일 거라고.

그렇게 하나둘씩 잘 모르는 것과 확실하지 않은 것들은 분명하게 마주하고 짚어나가다 보니 나를 돕고 나와 함께하려는 사람들의 마음이 진심인지 알 수 있게 되었고, 나도 괜한 경계심을 풀 수 있었다.

사람 인(人) 자는 사람이 서로에게 등을 기대는 모습에서 비롯됐다고 한다. 글자 모양을 가만히 보면, 어느 한쪽도 너무 치우치게 누워 있지 않고 너무 받치고 있지 않고 단단히 서 있다. 너무 기대하지 말고 너무 기대지 말고, 서로가 등을 맞대고 서로의 온기를 느끼며 의지하고 살아가라는 뜻이 아닐까. 그것이 인생이다. 어쩌면 우리는 홀로서기를 하려고 크는 게 아니라 서로가 좋은 관계를 맺고, 적절하게 잘 기대기 위해서 성장하는 것일지 모른다.

거절은 정중하게
하지만 단호하게

거절은 누구나 쉽지 않을 것이다. 나 역시 그렇다. 단순히 어떤 일에 대해 안 된다, 불가능하다, 라는 의사 표현이라기보다 관계의 척도를 보여주는 표현이라고 생각되는 경우가 많기 때문이다.

모델로서 일을 할 때 나는 어떤 경우든 그것을 사적인 영역으로 가져오지 않는다. 일은 일로 생각하고 공식적인 방법으로 처리하려고 노력한다. 그래서 모델 일을 할 때만은 정말 기꺼이 도울 수 있는 일이라면 하지만, 난처한 상황이 될 정도라면 정중하게 거절한다. 물론 처음부터 이렇게 똑 부러지게 하지는 못했다. 여러 시행착오를 겪고 야단을 맞아가며 체득한 자세다.

모델 일을 막 시작했을 무렵, 친분 깊은 디자이너의 쇼와 에이전시를 통해 공식적으로 제안이 들어온 쇼의 스케줄이 겹친 일이 있었다. 한참을 고민하고 또 고민해도 공식적으로 제안이 들어온 쇼에 서야 할 것 같았다. 솔직히 친분 깊은 디자이너가 이해해줄 거라는 기대가 없진 않았다. 그동안 기꺼운 마음으로 급할 때마다 도와드렸으니 한 번쯤은 이런 상황을 이해하고 넘어가주지 않을까.

그분께 사정이 이러저러해 이번 쇼는 어렵겠다고 직접 이야기를 꺼냈다. 내 얘기를 들은 디자이너는 내색하지 않으려고 애쓰는 듯했지만, 실망한 기색이 역력했다. 그분도 나에게 기대하는 게 있었을 테니 당연한 일일 게다. 곰곰이 생각하다가 아무래도 이렇게 하고 말 일이 아니다 싶어 에이전시에 상황을 얘기했고, 에이전시에서 그분께 이번에 들어온 일이 공식적으로 반드시 서야 할 무대이니 양해를 구한다는 말을 덧붙였다. 뒤탈은 없었지만, '공은 공 사는 사'라는 말이 어떤 의미인지 확실하게 알게 된 일이다.

얼굴이 알려져 있는 직업일수록 "그냥 좀 해주면 안 될까?"라는 식의 부탁을 많이 받는다. 지인들의 개인적인 요청으로 가장 힘든 부탁이다. 맛있는 식사를 대접할 테니 자신이 운영하는 가게에 와서 사인도 해주고 단골손님들에게 인사도 해줄 수 없겠느냐, 결혼식이나 잔치 같은 좋은 일에 와서 사회도 보고 어르신들께 인사도 해줄 수 없겠느냐는 등의 부탁. 그런 부탁을 계속 거절하면 소문이 잘못 도는 경우도 종종 있다고 한다. 얼굴값, 이름값 한다는 식으로 오해받기 쉽다는 것이다. 나 역시 이런 부탁에서 완전히 자유롭진 않다.

그런데 곰곰이 생각해보면 꼭 유명인이어서 꼭 그런 부탁을 받고 또 거절하기 어려워하는 것만은 아닌 듯하다. 누군가 내가 오죽하면 부탁을 하겠느냐며 청하면, 누구라도 거절했다간 야박한 사람이 되는 것 같아 안절부절못하지 않겠는가.

그런데 모든 부탁을 다 들어주고 살 수는 없는 법이다. 나는 일을 하면서 거절이 불가피한 경우에는 대부분 에이전시를 통한다. 사실 가급적이면 거절하고 싶지 않아서 에이전시의 도움을 받는 건지도 모르겠지만, 내 나름의 공과 사를 구분하는 방법이다. 사적인 일을 거절할 때는 둘러대거나 거짓말을 하지 않으려고 노력한다. 사실이 아닌 이유로 둘러댔다가 나중에 탄로가 나면 상대는 나에게 더 실망할 테고, 나는 쥐구멍을 찾느라 바쁠 게 뻔하다.

내가 그 청을 들어줄 수 있다면 기꺼이 돕고, 그게 아니라면 사실대로 분명히 거절하는 게 좋다. 선의로 시작했어도 난처해지는 경우가 있는데 약한 마음에 제대로 대처하지 못하면 오히려 더 큰 서운함만 남길 뿐이다. 정중하게 거절하는 것이 중요하다. 무엇보다 솔직하게 거절할 수밖에 없는 이유와 그에 대한 미안한 마음을 잘 이야기하는 것이야말로 정중한 거절이라 생각한다.

나 역시 누군가에게 부탁을 했는데 상대가 사정이 있어 거절한다면 이해할 수 있다. 그 거절이 관계에 대한 거절이 아니라, 처한 상황에 따른 거절이니 말이다. 관계에 있어서 거절은 서로에게 상처 주는 일이 아니다. 오히려 더 큰 상처가 나지 않게 할 수 있다. 오늘도 되새기는 말이다.

비교할 건 어제의 나와
오늘의 나뿐

모델 혜박은 모두에게 인정받고 싶었다. 사실 '모두'에게 인정받는다는 것은 환상일 것이다. 물론 마더 테레사나 간디같이 전무후무한 성인은 세상 모든 사람에게 사랑과 인정, 존경을 받겠지만, 우리같이 평범한 사람들이 모두에게 사랑을 받는다는 건 불가능에 가깝다. 페이스북을 만들어낸 마크 저커버그도 많은 사람이 대단하다고 인정하고 좋아하지만, 그로 인한 폐해를 지적하고 그를 인정하지 않는 사람들도 있으니까. 많은 사랑을 받는 유명 연예인들에게도 안티팬이 있는 것을 보면, 모두에게 인정받고 사랑받는다는 것은 불가능해 보인다.

나는 모델로 해외에서 주로 활동하다 보니 한국에서는 '혜박'이라고 하면 아마도 이국적인 런웨이 위의 카리스마 있는 모습이 자동적으로 연상될 것이다. 한번은 한국 방송 프로그램에 출연한 적이 있었는데, 녹화를 하는 과정도 방송을 모니터링하는 것도 낯설고 어색했다. 방송이 익숙하지 않은데 좀 더 생각해보고 출연할 걸 그랬나 하는 후회와 모델 이미지와 방송에서의 이미지가 너무 다른 것은 아닌가 하는 염려가 밀려와 마음이 편치 않았다. 그렇게 불안해하는 내 모습을 보고 남편이 무슨 일이냐고 물었다. 너무 정제되지 않은 모습이 방송된 것 같아 걱정이라고 말하자 남편이 옆에 앉더니 조용히 말했다.

"너는 너를 보여준 거잖아. 다른 사람들이 뭐라고 해도 네 자신을 보여주는 게 제일 좋은 거야. 노련한 모습을 좋아하는 사람들도 있겠지만, 넌 늘 방송을 했던 사람이 아니잖아. 오히려 모델 혜박에게 이런 면도 있구나 하면서 좋게 본 사람들도 분명 있을 거야. 정직한 모습이었다고 생각하자. 나쁜 거 아니잖아."

어쩌면 나는 모델 혜박이 방송도 잘하는 사람이라고 모두에게 박수 받길 원했는지도 모른다. 누가 뭐라고 하든, 내 모습 그대로를 보인 것에 스스로 만족하고 즐거워했다면 괜한 자책은 하지 않았을 텐데 말이다. 살면서 우리는 능숙하지 못한 것을 잘 해내고 싶어 무리할 때가 있다. 나는 아마 그랬던 것 같다. 나도 모르게. 그리고 그럴 필요가 없다는 걸 남편이 얘기해준 것이다.

모두를 만족시키고 모두에게 인정받으려 노력하다 보면 정작 내가 해야 할 일을 제대로 못할 수도 있다. 상대방의 기대가 무엇인지 살피고 그것을 충족시키려 눈치를 보다가 정작 내가 원하는 내 모습, 내 꿈에서 멀어질 수도 있기 때문이다. 타인의 인정이 내 삶의 기준이 되어버리면 늘 그 기대에 미치기 위해서 무던히 노력해야만 하고, 못 미치면 실망시킬까 봐 전전긍긍하게 될 것이다.

또 남에게 인정받는다는 게 꼭 득만 되진 않는다. 나는 다른 모델들과 달리 특이한 경우로 해외 무대에서 시작된 유명세가 한국에 알려지면서 '동양인 최초'나 '한국인 최초'라는 타이틀이 생겼다. 그 덕에 국내에서는 꽤 긍정적인 이미지를 얻었다. 거기엔 '기대'도 섞여 있었다. "혜박이니까 다음 시즌 쇼에서도 동양인 최초로 서겠지?"

그러다 보니 내 입장에선 혹시 쇼에 서지 못하면 한국에서 나를 응원해주시는 분들이 많이 실망하시지 않을까 하는 걱정부터 앞선 것도 사실이다. 모델의 세계는 여전히 어렵고 치열한 곳이다. 정말 최선을 다해도 바로 좋은 결과로 이어지는 것도 아니다. 하지만 어떻게 해서든지 사람들의 기대에 부응하고 싶었고, 때문에 어떻게 해야 할지 고민하며 스트레스를 받는 날도 많았다.

하지만 이제 그런 두려움을 어느 정도 이겨낼 수 있게 됐다. 2006년 런웨이에서의 일이다. 여성의 우아한 라인이 돋보이는 크리스찬 디올 쇼였다. 무대 위를 열 발자국도 걷지 않았는데, 갑자기 하이힐 굽이 부러졌다. 스포트라이트는 나를 비추고 있었고, 수많은 눈동자들이 나를 보고 있었다. 순간 눈앞이 깜깜해졌다. 어떻게든 저 끝 스폿까지 걸어야 했다. 나는 정말 있는 신경 없는 신경 다 끌어모아, 온 신경을 발끝에 집중시켜 구두 굽이 있는 것처럼 걸어 돌아왔다. 살얼음판을 걷는다는 게 이런 기분일까.

다행히 아무도 알아채지 못했다. 내가 백스테이지에 가서야 사정을 안 관계자들은 마치 기인열전을 본 듯한 얼굴로 박수를 쳐줬다. 돌이켜 생각해도 내가 무슨 정신으로 그 무대 위를 걸었는지 아찔하기만 하다. 단 하나 분명한 것은, 내가 정말 프로라는 것을 바로 지금 증명할 수 있다는 확신. 무대에서 넘어져 쇼의 흐름이 끊기고 사람들이 술렁대며 실망하는 상황에 대한 걱정은 둘째였다. 나 스스로의 힘을 시험해보자던 그때 그 생각과 감정이 자양분이 되어 이후 사소한 두려움과 걱정은 조금씩 이겨낼 수 있게 됐다.

저 멀리 있는 결과만 좇아 사람들에게 나의 성공한 모습을 보여주겠노라고 다짐하며 스트레스 받아봐야 어차피 그들에게는 남의 일이다. 어쩌면 전혀 관심 없을 수도 있다. 중요한 건 내가 얼마나 내 삶의 과정을 즐기면서 지금의 나 자신에게 만족하고 있느냐일 것이다. 모두에게 인정받기 위해 아등바등하기보다, 지금 사는 이 순간을 얼마나 즐겁고 알차게 보내는지가 내 삶의 행복을 위한 가장 좋은 비결이 아닐까.

비교할 건 어제의 나와 오늘의 나뿐이라는 말이 좋다. 사소하지만 어제 종일 낮잠을 자느라 해야 할 일을 못했는데 오늘은 어제보다 낮잠을 덜 자고 해야 할 일을 한 시간이라도 더 열심히 했다면, 나는 나 자신을 칭찬해준다. 내가 원하는 목표에 100퍼센트 도달하려고 하기보다 어제의 나보다 '1'이라도 나아졌다면, 그런 나를 인정하고 칭찬해주려고 한다. 그러다 보면 그 칭찬에 힘입어 스스로 더 만족하고 더 나은 사람으로 변해갈 테니까.

라이벌을
기꺼이 반길 것

'혜박은 예쁘지도 않고, 몸매가 특별히 좋은 것도 않은데 왜 잘나가?'라는 말을 수도 없이 들었다. 뒤로 얘기하든 앞으로 얘기하든. 한때는 왜 그렇게 나를 미워하지 못해 안달인가 싶기도 했다. 그런데 이제는 말해줄 수 있다. 예쁘지도 않고 몸매가 썩 좋은 것도 아닌데 기억해주니 고맙고, 그런데도 잘나가서 미안합니다, 라고.

잘나가기는 무슨, 내가 연비 좋은 자동차도 아니고. 나는 잘나가는 모델이라기보다 꾸준히 조금씩 커나가는 모델일 뿐이다. 아마 모델로서의 마지막 순간까지도 그럴 거고 그 이후에 다른 모습이 되더라도 그럴 것이다.

내가 꾸준히 조금씩 커나갈 수 있는 건 나에게는 늘 라이벌이 있기 때문이다. 왜 싸이의 노래 중에도 '너와 같은 곳을 보고 너와 같이 같은 곳으로 그곳은 천국일 거야'라고 하지 않던가. 나에게는 라이벌이 그런 존재다.

그래서 그 라이벌이 누구냐고 묻는다면 나는 한 사람을 꼽을 것이다. 모델 한혜진. 공공연한 사실이다. 내가 여기저기 수많은 인터뷰에서 그렇게 말했으니. 그리고 바로 연이어 말하기를 가장 친한 모델이라고 한다. 뭐 이런 틀에 박힌 아름다운 멘트를 하고 있느냐 할 수도 있지만, 내가 이렇게 말하는 건 언니에게 잘 보이고 싶어서도 언니와 더 가까워지고 싶어서도 아니다. 정말 그렇게 생각하고 있기 때문이다.

언니는 정말 보기 드문, 좋은 모델이다. 워킹과 포즈가 훌륭한 것은 물론이고 눈빛과 시선으로까지 표현할 줄 안다. 치열한 노력으로 얻은 자신감에서 가능한 일일 것이다. 누구도 쉽게 따라 하지 못하는 언니만의 그것. 나는 그것을 발산하는 언니가 좋다. 그런 언니의 매력과 에너지가 같은 런웨이에서 나에게 힘이 되어준다. 함께 근사한 무대를 만들고 있다는 자부심이 든다고나 할까.

둘 다 한국인 모델로 쇼마다 부딪히니 질투할 만도 한데, 언니와는 좀체 그래지지가 않는다. 해외 무대가 여러모로 녹록치 않아 서로 의지하며 지내고 있기 때문이기도 하지만, 내 생각에 언니와는 가치관이 비슷해서 더 잘 어울리는 것 같다.

　사람들은 흔히 모델 한혜진을 할 말 다 하는 '센 언니'로 아는데 그렇진 않다. 언니는 내면이 단단한 사람이라 다른 이의 시선과 사소한 말들에 쉽게 흔들리지 않을 뿐이다. 나 역시도 다른 사람의 말에 일희일비하지 않으려 하니 언니의 생각을 동의하고 지지한다. 또한 모델 한혜진의 장점과 매력을 동경하고 인간 한혜진의 진솔함과 자신감을 사랑한다. 늘 나에게 자극이 되고 응원이 되는 존재, 그래서 어디서든 늘 당당하게 나의 라이벌이라고 말할 수 있다.

　질투 자체가 나쁘다고 생각하지는 않는다. 적당한 질투는 나와 라이벌 모두를 성장시키는 원동력이 될 수 있다. 다만 질투심이라는 그 감정 자체에 빠져서 자신의 부족함을 탓하고 상대를 비하하며 자기 자신까지 갉아먹으면 문제가 된다. 상대를 부러워하며 장점은 배우고, 내 단점은 극복해가면서 나를 발전시키면 그건 좋은 질투다. 라이벌이 있어 내 삶에 자극이 되고, 상대도 나로 인해 성장한다면 서로가 서로에게 도움이 되는 좋은 관계가 될 수 있다. 그야말로 누이 좋고, 매부 좋은 일이다.

　인류 최초로 남극점에 도달한 로알 아문센에게도 로버트

스콧이라는 라이벌이 있었다. 아문센이 미지의 세계에서 극한의 추위를 뚫고 나아갈 수 있었던 것은 스콧이라는 라이벌의 존재 덕분이 아니었을까. "경쟁은 우리를 대담하게 만들고 사고와 장애물에도 아랑곳없이 우리를 전진하게 만드는 자극제다"라는 아문센의 말처럼.

즐거운 상상을 해본다. 만약 지금 이 시대 어디선가 모델 혜박을 라이벌로 삼아 분투하고 있는 사람이 있길. 그와 어디서 언젠가 마주쳤을 때, 그가 그간의 자신의 노력을 숨김없이 드러내준다면 나는 무척 기쁠 것이다. 내가 더 발전할 수 있는 원동력을 얻는 것은 물론 또 하나의 친구를 얻을 수 있을 테니까.

현 명 하 게
듣 고 말 하 기

신이 사람에게 언어를 준 것이라고 한다면, 귀와 입은 숙제로 준 것이 아닐까. 잘 듣고 잘 말하는 건 각자의 몫이라고 말이다.

나는 듣는다는 것과 말한다는 것의 의미를 생각하면, 〈가족오락관〉이라는 TV 프로그램의 이구동성이라는 코너가 떠오른다. 맨 처음 게임을 시작하는 사람 빼고 다른 사람들은 모두 시끄러운 음악이 나오는 헤드폰을 쓴 상태에서 상대의 입모양을 보고 맨 처음 시작한 사람이 말한 단어를 맞히는 게임. 아마도 한번쯤은 본 적이 있을 것이다. 문제의 단어를 전하는 사람은 입을 크게 벌렸다 바짝 오므렸다 하면서 최대한 또박또박 발음하려고 하지만 듣는 사람이 제대로 알아듣지 못하는 경우가 더 많다.

어쩌면 다른 사람과의 소통이 그런 식으로 이루어지는 건 아닐까 생각될 때가 많다. 분명 듣고 있는데 말하고 있는데 나도 상대도 그 의미를 제대로 이해하지 못할 때가 많으니까. 나는 가끔 누군가와 대화를 하다가 오해가 생길 때면 불현듯 이 게임이 생각난다. 그 게임에서 각자의 귀에 시끄러운 음악이 들리는 것처럼, 각자의 머릿속이나 마음속 시끄러움 때문에 잘 알아듣지 못하는 것은 아닐까.

잘 듣는다는 것은 수동적으로 '듣고 있는' 것만을 의미하진 않는다. 상대의 말에 귀 기울이며 집중하려는 의지도 담겨 있어야 한다. 또 단순히 귀 기울여 듣는 것으로 끝나지 않는다. 적절한 반응도 필요하다. 가끔은 상대가 조언을 필요로 하기도 하는데, 어느 선을 넘지 못하면 상대의 이야기를 귀찮게 여기는 것 같기도 하고, 어느 선을 넘으면 조언이 아닌 지적이 되기도 한다. 흔히들 얘기하듯이 사람들이 속상하거나 답답한 얘기를 꺼내놓는 건 조언을 원하는 게 아니라 그저 자신의 얘기를 들어주기를 원한다는 걸 나 역시 피부로 느낄 때가 있다.

어느 날, 친구 집에 갔더니 현관 입구에서부터 방 여기저기까지 명품 로고가 박힌 리본이 묶인 풀지도 않은 박스와 뜯지도 않은 택배들이 잔뜩 쌓여 있었다. 이게 다 뭐냐고 물었더니 친구는 이렇게 답했다. "사실 박스 안에 든 게 다 뭔지도 모르겠어."

친구는 일찍 결혼해서 바로 아기를 낳고 키우고 있었다. 혼자 육아를 전담하면서 많이 지친 모양인지, 남들은 예쁘게 차려 입고 일도 하고 일상을 즐기는데, 출산 후 망가진 자기 몸 좀 보라며, 자기 모습이 너무 초라해 보인다고 한참을 서럽게 울며 하소연했다. 친구는 그 스트레스를 쇼핑으로 풀고 있었다. 그런데 막상 거울 앞에 서서 아기를 안은 채 비싼 명품을 들고 있는 모습을 보니 괜히 우스꽝스러워서, 잔뜩 사다만 놓고 꺼내지도 않은 채 집 안 여기저기에 쌓아두게 됐다는 것이다.

나는 가만히 한동안 친구의 얘기를 들어주었다. 그리고 이렇게 말했다. "같이 운동 다닐래?"

친구를 조금은 억지로 끌고 나와 아기를 돌봐주는 헬스장을 찾아갔다. 요즘엔 베이비시터를 따로 두고 운영하는 헬스장도 있는데, 친구는 찾아볼 생각도 못 했던 것이다. 아기를 맡기고 친구에게 운동을 알려주고 같이 이런저런 운동도 하고 헬스장 안에 있는 사우나에서 땀을 빼고 났더니 친구는 오랜만에 미소를 보였다. 그렇게 운동을 계속 다니면서 친구는 날이 갈수록 밝아졌다. 아기 낳고 망가졌다고 포기했던 몸매도 되찾게 되었다.

나는 일단 몸이 좋아져야 마음의 건강도 되찾을 수 있다며 건강식도 추천했다. 그냥 해 먹으라고만 하면 친구가 아이 때문에 엄두도 안 난다고 할까 봐 직접 음식을 만들어주기도 했다. 그랬더니 친구는 이렇게 간단한데 진작 만들어볼 걸 왜 이제 알게 됐는지 아쉽다고 하더니 금세 직접 건강식을 만들어 먹기 시작했다. 운동과 건강식을 겸하면서 친구는 어느새 활기를 되찾았다. 섣불리 틀에 박힌 위로를 하지 않고, 친구의 말을 가만히 들어주고 내가 할 수 있는 일을 했을 뿐인데, 친구는 내게 정말 고마워했다.

침묵하며 열심히 듣고만 있는 것이 경청이라 생각하지 않는다. 가끔 시사 프로그램 같은 걸 보다 보면 여러 패널들 사이에서 논쟁이 격해질 때 가만히 있다가 핵심을 찌르는 한마디로 말을 정리하는 사람이 있고, 짧고 간결한 멘트로 상황을 정리하는 사람도 있다. 여러 사람과 이야기하는 중에도 이야기의 흐름을 놓치거나 흩트리지 않으면서 적절히 자기 생각을 얘기할 줄 아는 사람이 진정한 경청의 자세를 갖춘 것이 아닐까.

가장 현명한 사람은 침묵해야 할 때와 소리 내야 할 때를 아는 사람일 테다. 조용히 듣고 있다가 적절한 타이밍에 핵심을 짚어내는 한마디로 고개를 주억거리게 하고 무릎을 치게 하는 사람.

침묵과 경청. 여러 나라를 돌며 각기 다른 언어를 쓰는 사람들을 만나 함께 일하는 내게 가장 필요한 지혜다.

내가 선택한
삶의 방법을 믿자

이십대에 나는 지금이 아니면 나중은 없어, 라고 생각했다. 그리고 눈앞의 많은 일에 이 생각을 적용했다. 하고 싶은 것, 갖고 싶은 것에 큰 고민 없이 지출했다. 그렇게 술술 빠져나가는 돈과 함께 내 삶도 술술 흩어졌다. 영화 〈죽은 시인의 사회〉의 키팅 선생님 말씀인 '카르페 디엠'을 잘못 해석했다고나 할까. '힘들지? 지금 이 순간을 즐겨!' 그래서 가방이나 신발을 사는 걸로 마음의 위안을 삼았던 날들이 더 많았다.

하지만 지금은 카르페 디엠의 뜻을 어느 정도는 이해했다고 할 수 있다. 적어도 나를 채우고 위로하는 것이 무엇인지 분명하게 알고 있다. 하루하루 감사하며 즐겁게 살고 겉보다 마음을 채우는 삶. 소비도 자연스럽게 줄었다. 마음을 채우며 살려고 노력하다 보니 더 이상 물건으로 마음을 채우려 하지 않게 된 것이다. 통장에 조금씩 돈도 모이게 됐다.

크게 절약해서 노후 자금을 모으려는 건 아니다. 안락한 노후를 위해 현재를 즐기지 못한다면 그 역시 카르페 디엠을 추구하는 삶은 아니니까. 나는 그저 남편과 캠핑카 하나를 사서 미국 일주를 할 수 있을 정도의 돈을 모으고 싶다.

이런 나를 보고 사람들은 이렇게 말한다. "넌 걱정 없는 아이 같아." 맞다. 나를 제대로 본 것이다. 내가 몸도 마음도 심플하게 살고자 노력한 게 성공했다는 뜻이기도 하다.

물론 나라고 왜 걱정이 없겠는가. 다만 다른 사람까지 걱정시킨다고 해결될 수 있는 건 없기 때문에 걱정을 전염시키고 싶지 않을 뿐이다. 걱정하는 것 중에 걱정만으로 해결되는 일은 없다. 어떻게 해도 바뀌지 않는 건 걱정할 필요가 없고, 바뀔 수 있는 거라면 움직이면 된다.

대부분 일에 대한 걱정이 그렇다. 캐스팅이 됐을까 혹은 촬영한 게 제대로 나왔을까 염려하느라 시간을 보내는 건 그냥 시간 낭비다. 그 때문에 다른 일이나 생활까지 영향을 받아 부정적인 생각들로 채우는 건 내 삶에 대한 예의가 아니라고 생각한다. 캐스팅은 기다리면 자연히 결과가 나온다. 촬영에 문제가 있다면 다시 촬영하면 된다. 내가 촬영하는 동안 최선을 다했다면 제대로 나왔을 가능성이 더 크다. 실제로 사진작가들은 내가 기대한 것보다 나를 더 잘 표현해준다. 그러니 걱정하느라 시간을 허비할 필요가 없다.

내 생각에 걱정은 크게 두 가지다. 하나는 과거에 어떻게 했어야 한다는 후회나 자책이다. 그러나 시간은 절대 되돌릴 수 없다. 과거는 절대 다시 오지 않고, 걱정해서 달라지는 건 없다. 다른 하나는 미래에 벌어질 일이다. 이번에 할 일이 순조롭게 진행될지, 지난번에 그 문제는 잘 해결할 수 있을지 하는. 내일 런웨이에서 제대로 표현해낼 수 있을지 아무리 걱정해도 소용없다. 오히려 걱정하느라 잠을 못 자면 다크 서클만 생긴다. 피곤해서 컨디션이 안 좋으면 걱정한 대로 진짜 잘 못할 수도 있다. 미리 걱정한다고 미래가 바뀌는 건 아니다. 지금 내가하는 일이 내 미래에 영향을 준다.

걱정거리는 늘 생긴다. 해결됐다 싶으면 다른 걱정이 생기고, 나와 상관없는 줄 알았던 일에서 예상치 못한 어려움이 발생하기도 한다. 그런 것들은 내가 통제할 수 없는 것이다. 그래서 나는 걱정으로 내 기분이 가라앉지 않게 하려고 노력한다. '이미 지나간 일이야', '내가 어떻게 할 수 있는 일이 아니야'라고 과거를 그대로 인정하거나, '지금 내가 이렇게 하면 그 일은 잘 해결될 수 있을 거야'라며 현재 해야 할 일에 집중한다. 지

금 이 순간 긍정적인 마인드를 갖는 게 중요하다.

그렇다고 늘 이런 마인드를 유지할 수 있는 건 아니다. 다만 한번 걱정하고 불안해하기 시작하면 내 머릿속은 온통 불안으로 오염된다는 것을 명심하려 한다. 불안하지 않으려 노력할수록 더 불안해지는 게 사람 마음이다. 불안을 아예 없애려고 노력하기보다는 적절한 불안과 기대감이 나를 긴장시켜 일에 더 집중하고 노력하게 만들어주는 원동력이라고 생각하려고 한다. 그러면 일도 더 잘된다.

스트레스가 쌓이면 결국 몸에 증상이 나타난다. 특별히 어디 다친 것도 아닌데 여기저기가 쑤시고, 두통에 시달린다. 그래서 병원에 가보면 의사는 스트레스 받는 일이 많냐며 스트레스를 줄이라고 말한다. 아니 세상에, 스트레스를 받고 싶어서 받는 사람이 어디 있을까. 내가 아무리 노력해도 스트레스는 언제나 머릿속에 노크도 없이 들어오는걸. 다만 나는 스트레스를 가급적 안 받고 적절히 풀기 위해 노력할 뿐이다. 긍정적으로 생각하고 운동도 하면서.

나는 걱정 없어 보인다는 말이 좋다. 내가 스트레스를 잘 풀어가고 있다는 뜻이니까. 긍정적이고 밝게 생각하려는 내 삶의 모토가 내겐 참 소중하다. 누구에게나 인생은 단 한 번이고 자신에게 가장 소중한 것이다. 그런데 인생을 돌이킬 수 없는 과거에 대한 미련이나 막연한 미래에 휘둘리는 건 안타까운 일이다. 내가 사는 법은 지금 이 순간 어떤 상황에도 불구하고, 심플하게 밝고 긍정적인 면을 보는 것이다. 시간이 지나고 보면 모든 일은 나름대로 흘러간다는 것을 이제는 안다. 그 순간 최선을 다한 걸로 족하다.

가장 나다운 모습을
잃지 말길

어느 날 파리에서 차를 타고 가다가 한 주얼리숍에 걸린 내 얼굴을 봤다. 한참 광고 촬영이 많던 시기였다. 사진 속 내 얼굴에는 코 옆에 점 대신 다이아몬드가 붙어 있었는데, 이상하게 저 광고를 언제 찍었는지 좀체 기억이 나질 않는 것이었다. 하도 광고 촬영이 많다 보니 내가 기억을 못 하나 싶어 에이전시에 물어보았다. 알고 보니 그 사진 속 모델은 내가 아니었다. 나에게도 제안이 왔었지만, 촬영이 몰려 스케줄이 맞지 않아 할 수 없었던 상황이었다고 했다. 결국 그 주얼리숍에서 찾은 방법이 나와 비슷하게 생긴 모델을 찾아 내 점과 똑같은 위치에 다이아몬드를 붙인 것이었다.

그 후 많은 업계 관계자들이 그 사진 속 모델이 내가 아니냐고 수없이 물어왔다. 반복해서 일일이 설명하는 게 곤혹이기도 했지만, 불쾌하진 않았다. 나를 얼마나 인상 깊게 봤으면 내 얼굴에 있는 점마저도 같은 위치에 다이아몬드로 표현했겠는가. 어깨가 으쓱해질 정도로 기분 좋은 일이었다.

사실 많은 사람이 내 점에 대해서 묻곤 했다. 왜 점을 빼지 않느냐고 말이다. 대답은 간단하다. 내 점을 좋아하니까. 나는 쇼나 화보 촬영 시 메이크업을 받을 때에도 점을 화장으로 지우려 애쓰지 말아달라고 말한다. 또 촬영 후에도 보정으로 점을 지우지 말아달라고 부탁한다. 남들이 콤플렉스로 보는 부분마저도 나에게는 보석처럼 소중하다.

일을 시작하고 처음에는 이목구비가 뚜렷한 외국 모델들 틈에서 다소 밋밋한 내 얼굴이 그저 흔한 동양 여자 중 한 명으로 보일까 걱정이 되기도 했다. 좀 더 예뻐야 하지 않을까, 성형이 필요한 건 아닐까. 고민이 없었다고 하면 거짓말이다. 주근깨 때문에 레이저 시술을 해보기도 했다. 하지만 그런 고민은 정말이지 쓸데없는 시간 낭비였다.

내로라하는 유명 아티스트들은 내 점과 주근깨에 집중했다. 콘셉트에 따라 일부러 더 부각시킬 정도로 내가 생각한 나의 단점이 그들에게는 혜박만의 개성이었던 것이다. 나는 조금씩 내 스스로 만든 선입견 껍데기들이 하나씩 부서지는 걸

느꼈고 마침내 내 원래의 모습을 인정하고 사랑하게 됐다. 한편으로 그동안 왜 나 자신을 인정하지 못했는지 돌아보는 계기가 되기도 했다.

또 전보다 3킬로그램 정도 더 나가는 나를 보고 가끔 예전에 비쩍 말랐던 나를 회상하며 '그때 몸이 더 예뻤는데…'라고 하는 사람들도 있다. 죄송하지만 나는 그 말을 신경 쓰지 않는다. 그가 나 대신 살아줄 것도 아니고, 내 몸을 판단할 수 있는 권리는 나에게 있기 때문이다. 다른 사람이 좋아하는 몸이 되기 위해 노력하는 건 결과가 좋지 않다. 남이 평가해주지 않는 이상, 절대 만족할 수 없기 때문이다. 만약 지금 내 몸을 다른 사람을 위해서 유지하라고 한다면 싫다고 단호하게 고개를 저을 수 있다.

당연하게도 내 몸은 내 것이다. 내 몸은 다른 누군가가 대신 살아줄 수 있는 껍데기가 아니다. 내 몸은 다른 사람의 기준에 맞추거나 다른 사람의 사랑을 받아야만 하는 게 아니란 뜻이다. 내가 사랑해주지 않으면 대체 누가 내 몸을 사랑해줄까. 남자친구 혹은 남편, 부모님도 우리 자신을 사랑해주지만, 그보다 더 중요한 건 몸매야 어떻든 우리 자신이 스스로를 사랑해주는 것이다. 다른 사람이 날 사랑해준다고 해도 자신이 스스로를 사랑하고 있지 않으면, 정말 날 사랑하는 건지 의심하게 된다.

사실 나는 연예인처럼 예쁘지 않다는 걸 안다. 남편조차 '네가 예쁜 건 아니지'라고 말할 정도니까. 하지만 내가 생각하기에 나 자신은 충분히 아름답다.

내 경우 내가 사랑하는 나를 정면으로 보고 정말 아껴주는 것부터가 사실 연습의 시작이었던 것 같다. 제일 중요한 건 거울 속의 나에게 익숙해지는 일이었다. 요즘엔 셀카 찍는 일이 흔해졌지만, 내가 처음 모델 일을 할 때만 해도 자신의 모습을 사진이나 영상으로 찍는다는 것은 어쩐지 쑥스러운 일이었다. 그때 사진을 지금 찾아서 다시 보면 무척 웃게 되겠지만. 사진을 찍을 때 나는 아주 진지했다. 어떻게 사진을 찍으면 다리가 길어 보이는지, 얼굴이 작아 보이는지, 어느 쪽 얼굴이 더 예쁜지, 어느 각도가 더 날씬해 보이는지, 내가 사진에 어떻게 찍히는지 공부했다. 내가 생각한 내 모습과 사진으로 보는 내 모습이 꽤 달라서, 사진을 찍고 또 찍으면서 연습하고 더 좋은 포즈를 터득했다.

그렇게 내가 나에게 익숙해지니 어느 순간 평소에 길을 걸을 때도 자세를 곧게 펴거나 휜 다리가 티 나지 않게 걷는 습관이 무의식적으로 나오고 무표정마저도 밝아졌다. 내 몸이 기억하게 만든 것이다. 그렇게 연습한 게 지금까지도 도움이 되고 있다.

누가 봐도 아름답다고 느끼는 자세와 표정. 다른 사람이 자신에 대해 그런 느낌을 받게 하려면, 자기 스스로 먼저 그렇게 느껴야 한다. 행복한 표정으로 당당하게 걷는다면 누구라도 아름답게 느껴진다.

그런 점에서 내가 가장 아름다운 모델이라고 손꼽는 사람은 지젤 번천이다. 2015년에 런웨이에서 은퇴했지만, 그녀는 여전히 최고의 자리를 지키고 있다. 정말 멋진 몸매를 가지고 멋진 포즈를 취할 줄 아는 그녀는 아이를 낳고 나서 더 아름다워졌다. 사실 엄마가 된다는 건 여자들에게 많은 두려움을 갖게 한다. 지금보다 몸매가 더 안 좋아질 거라는 두려움. 거기에 육아에 시달리면서 분명 내 생활과 시간이 침해받다 보니 몸매가 더 망가질 거라는 걱정이 더해진다. 하지만 지젤 번천은 아이를 낳으면 모델 일을 하기 힘들 거라는 편견을 뛰어넘어 훨씬 온화한 표정을 지어 보이는 아름다운 선을 가진 모델로 거듭났다. 그녀를 보면서 아이와 함께 충만한 삶을 산다는 게 얼마나 아름다운 건지 느낄 수 있다. 마른 글래머 몸매였던 그녀는 더 풍부한 느낌의 몸매와 포즈를 보여주고 있다.

시간이 지나면서 내 모습도 서서히 변할 것이다. 나는 점점 늙어갈 테고 나의 역할도 바뀔 것이다. 아내이자 어느 날의 엄마로. 그런 시간 속에서 나는 어떻게 나로 있어야 할지 많은 생각이 들곤 한다. 지금까지 모델로 살아온 혜박의 모습과 모델이 아닌 박혜림으로서 살아온 모습. 앞으로 어떻게 인생을 가꾸고 지켜나가야 할까.

아직은 정답을 알 수 없지만 한 가지는 분명하다. 내가 '나'를 잃지 말아야 한다는 것. 내가 나에게 당부하는 말이다. 내가 가장 나다운 모습을 잃지 않는다면 어떤 시간 속에서도 어떤 역할 속에서도 나는 나의 행복을 찾아내지 않을까. 나는 지금의 내가 좋다. 내 직업이 더 이상 모델이 아닌 날이 오면 살이 좀 더 쪄도 좋다. 그게 건강에 좋다면 그렇게 할 것이다. 나는 내 몸을 사랑한다.

　일단 거울 앞으로 가서 자기 자신과 눈을 마주해보자. 그리고 내가 나를 사랑하기 어려운 부분을 찾아보자. 어쩌면 눈이 마음에 안 들 수도 있고, 볼록 나온 배가 마음에 안 들 수도 있다. 어느 곳이든 마음에 안 드는 부분을 바라보면서 '그래도 널 사랑한다'고 속삭여보자. 조금 낯설 수 있다. 하지만 이렇게 하다 보면 볼록 나온 배도 귀엽고, 작은 코도 깜찍할 수 있다. 일종의 자기 최면이다. 자신을 사랑한다고 속삭이다 보면 자신이 정말 사랑스럽게 느껴진다.

　이렇게 자신을 칭찬하다 보면 자신감과 자존감이 높아져서 더 운동하게 되고, 더 좋은 음식을 먹게 된다. 내 몸을 위해서. 그러다 보면 어느새 자연스럽게 내가 원하는 모습이 되어 있을 수 있다. 그러기 위한 첫 단계는 자신을 스스로 당당하게 여기고 사랑해줘야 한다. 다른 사람처럼 입거나, 다른 사람처럼 생기려고 노력하지 말고 나의 장점을 찾아보기를. 분명히 나는 세상에 하나밖에 없는 내 자신이니까.